L'ÉPREUVE

DU MÊME AUTEUR

LES CHEVAUX, La Fosse aux Ours, 2004.

LE VEILLEUR DE MATERA, La Fosse aux Ours, 2006.

COMME L'EAU, LE MIROIR CHANGEANT, Fario, 2010.

LES ROSES DE SAMODE, Cheyne, 2011.

ADOUR, HISTOIRE FLEUVE, Le Festin, 2013 (3e édition, juin 2017, coll. "L'Éveilleur", préface de Jean-Paul Kauffmann).

MA ROUTE EST D'UN PAYS OÙ VIVRE ME DÉCHIRE, Fario, 2014.

PARTIR AVEC LE ZÈBRE, L'Arbre à Paroles, 2014.

NOUS CHEMINONS DE LA FORGE AUX CHEVAUX DES NUITS, DE LA MARISMA, LE LIVRE-COSMOS À LA MINE ÉTEINTE..., Les Petites Allées, 2014.

CES LANDES, Le Festin, 2015.

ROSE HANOÏ. RENCONTRES AVEC LA COULEUR, Arléa, 2017 (prix Henri de Régnier de l'Académie française).

À LA BRUNANTE, La Tête à l'Envers, 2017.

VOICI L'ESPÈCE, publication dans la revue en ligne *Catastrophes*, octobre 2017-février 2018 (ce texte est paru dans un ouvrage collectif en décembre 2018, publié aux éditions Le Corridor Bleu).

LA PETITE FILLE AU LAPIN, avec une photographie de Jean Dieuzaide, Les Petites Allées, 2018.

L.P.P., avec des dessins de Lydie Arickx, Fario, 2018.

MICMAC MÉCANIC, L'Attente, 2019.

DU FEU QUE NOUS SOMMES, ouvrage collectif, anthologie, Abordo, 2019.

VENTOTENE, avec une photographie de Bernard Plossu, Les Petites Allées, 2020.

INSULA BARTLEBY, Louise-Bottu, 2021.

SI MAINTENANT J'OUBLIE MON ÎLE. VIES ET MORT DE MIKE BRANT, L'Antilope, 2021.

LE DERNIER CARRÉ, Pneumatiques, 2022.

ISBN 978-2-36084-198-1

SERGE AIROLDI

L'ÉPREUVE

CARLO AIROLDI
(1869-1929),
IMPOSSIBLE MARATHONIEN

éditions inculte

Car je me dis : "Misère de la machine humaine", et en même temps je me dis : "Beauté de la machine humaine."

CHARLES FERDINAND RAMUZ,
Une main.

Je suis un homme qui a fini. Je ne pense plus à mon âge, ni aux routes longues, ni aux paysages qu'il ne faut jamais mésestimer et qui blessaient mon corps parce qu'ils témoignaient d'une distance absurde et d'un défilé invraisemblable de vues. Je ne me souviens plus des exploits ni des efforts ni des synapses meurtries ni des muscles volontaires. Le musculus *primordial. Je suis un homme qui abdique, finalement. La maladie silencieuse a dévoré mes pieds, toutes les extrémités, et mon cœur souffre du manque des artères. Je le sens à chaque mouvement et cette difficulté qui entrave mes déplacements m'étonne fort, moi, que les longitudes et les latitudes jamais n'effrayèrent. Je suis un homme qui ne court plus, qui ne marche plus, qui ne voit plus que des silhouettes, de pâles couleurs, des corps comme absents. Des lignes approximatives. Je suis un homme que guettent l'immobilité et le goût du petit périmètre. J'étais fluvial. J'étais long cours. Je ne suis plus que ligneux, terreux, caillouteux. Petit sentier sans élan. Riverain. Je suis une ombre morte, un fossé que les sables et les terres, les résidus et les écorces et les halliers comblent hiver après hiver.*

Je suis un homme que ronge la douleur. Dos, fessiers, abdomen. Je suis l'oublié d'un siècle, je pénètre comme un vieil éléphant dans le ventre de la nuit. Je suis celui qui a fini de dire son nom. Je suis Carlo Airoldi.

1.

UNE TORTUE GRECQUE

Le 15 avril 1896, pour la dernière fois, Carlo Airoldi rédige une lettre à l'intention de la rédaction milanaise de *La Bicicletta*. Il écrit depuis Athènes où s'achèvent les Jeux de la première olympiade.

Le texte de Carlo Airoldi s'intitule : "Une tortue grecque".

Voici un endroit du monde où un coureur à pied peut être prophète en son pays. C'est ainsi. Ici, à tout prix, on voulait que le vainqueur du marathon soit grec. C'est pour cette raison, un professeur de gymnastique grec me l'a confirmé, que l'on m'a exclu de la course. On redoutait terriblement le concurrent que j'étais. Pendant ce temps, il fallait voir comment les coureurs du pays étaient bichonnés. Comme des pachas. Pendant des jours, un certain M. Marios, président du Comité, a nourri le coureur grec qui est finalement arrivé troisième, avec force lait, œufs et viande. Tout ça à volonté. Oui, à volonté, vous avez bien lu. Du lait, des œufs et de la viande ! Et la viande, ça coûte cher ! Un autre concurrent grec, un nageur de Patras, bien qu'il ait autrefois gagné un prix de l'équivalent de deux cents lires dans une course, eh bien voyez-vous, a malgré tout été admis à l'épreuve. Pas même Spiridon Louis, le vainqueur du marathon, ne peut prétendre à la qualité de coureur amateur. Le règlement est formel. Est amateur celui qui n'a jamais pris part à une course dont la victoire lui a permis de gagner de l'argent. Or, savez-vous qu'un des officiels grecs a offert vingt-cinq mille drachmes à ce "vainqueur" de Spiridon Louis ? C'est bien de l'argent, ça, vingt-cinq mille drachmes, n'est-ce pas ? Combien de milliers de lires ça fait, vingt-cinq mille drachmes ? Que quelqu'un ose enfin le reconnaître. Vous me direz : c'est de l'argent gagné *après* la course. Je m'en moque. Je vous réponds que c'est de l'argent gagné *par* la course. On me rebat les oreilles du principe selon lequel, aux Jeux, il ne doit pas être question d'argent. Savez-vous que le roi de Grèce l'a invité à dîner, lui a remis une coupe de grande valeur et une couronne ? C'est de l'argent tout ça, non ? Et ce n'est pas tout. Un cordonnier lui a cousu des chaussures et vous n'ignorez pas à quel point les chaussures nous sont précieuses, à nous les coureurs. Un tailleur l'a gracieusement habillé de la tête aux pieds et un barbier lui a même promis de le raser gratuitement pendant un an.

Imaginez qu'un Grec n'ait pas remporté le marathon. Qui sait ce qu'il serait advenu ?

Toujours les journaux m'ont soutenu, pourtant. Enfin... presque tous les journaux. Mais à présent, ce qui est fait est fait.

Après toute cette histoire, des Grecs, pour le moins fanfarons, des grandes gueules, n'ont pas su tenir leur langue. Ils n'ont pas eu le triomphe modeste. Ils se sont moqués de moi, avec méchanceté. Ils m'ont balancé des horreurs, les salauds : "Heureusement que tu n'as pas participé à cette course, pauvre Milanais, tu aurais pris une belle rouste", ils ont dit. Un Italien que je connais bien, et qui m'a beaucoup *aidé dans cette aventure, s'est alors dit prêt à parier cinq cents lires sur le fait que si une revanche m'opposait au vainqueur, eh bien, je gagnerais la course.*

Les fanfarons n'ont pas insisté. Ces types, dans le fond, ne valent rien ou si peu.

Depuis deux jours, Spiridon Louis passe son temps à sillonner la ville et à se pavaner au milieu des drapeaux et des vivats de la foule. Sur son passage, les hommes lèvent leur chapeau comme s'il avait sauvé la patrie de je ne sais quel péril. Quant aux femmes, elles sourient bêtement et se dandinent en espérant, qui sait, quelque faveur de ce maudit Spiridon. Au moins un sourire. Un regard.

Je les hais. Je les méprise. Toutes et tous.

Son temps n'est pas mauvais. Je note cependant que le parcours légèrement en pente favorable facilitait les choses et que le jour de la course, le climat était doux et le ciel couvert.

Très vite, je reprendrai la route.

La Bicicletta publie l'article le jeudi 23 avril 1896. Spiridon Louis, le berger grec vainqueur, a couru le premier marathon en deux heures cinquante-huit minutes et cinquante secondes.

L'Italien qui a voulu parier avec les Grecs et dont parle Carlo Airoldi dans sa lettre est le comte Donato Sanminiatelli.

Les deux hommes ont fait connaissance à Raguse pendant la longue course de Carlo Airoldi pour arriver à Athènes depuis Milan. Le comte séjourne à Raguse dans la demeure de son père, Fabio, ministre du royaume d'Italie. La ville porte encore son nom vénitien, Raguse, que le comte Donato Sanminiatelli aime aussi nommer Gravosa. Le discours des Balkans s'élabore depuis des siècles, comme un infini. C'est le bain quotidien des hommes et des frontières de ce pays. En ce temps, nul n'imagine, et certainement pas l'aristocrate qui défend l'idée d'une réalité italienne – géographique, culturelle, démographique et sémantique –, qu'au siècle suivant la ville prendra le nom de Dubrovnik.

Le comte Donato Sanminiatelli est né le 16 septembre 1866 à La Nouvelle-Orléans où son père occupe la fonction de consul honoraire d'Italie. Sa mère se nomme Estelle Le Beau de La Barre. L'accumulation des quartiers de noblesse constitue et sédimente une très vieille histoire familiale. Le comte Donato Sanminiatelli embrasse à son tour la carrière de diplomate. Il devient vice-consul de 3e classe le 29 août 1889 à l'âge de vingt-trois ans et doit la réussite de son concours à un travail très remarqué par ses pairs sur le congrès de Vienne. Il travaille à Santiago du Chili, à Londres. L'année suivante, il choisit de devenir professeur de droit international au sein de l'Institut Cesare-Alfieri de Florence. Toute sa vie, il se consacre à l'étude de l'irrédentisme dans les régions italiennes soumises à l'autorité de l'Empire austro-hongrois. Ses mots ne sonnent que patrie et ciment des peuples italiens divisés par l'histoire. Son souffle de vice-président de la société Dante-Alighieri porte loin dans les territoires intérieurs. Il n'ignore pas les vers du poète florentin quand Béatrice apparaît et qui ont donné à Mazzini, en 1861, l'idée du drapeau tricolore à l'Italie fraîchement unie :

... sovra candido vel, cinta d'uliva
donna m'apparve sotto verde manto
vestita di color di fiamma viva.

Vert, blanc, rouge, dans un ordre autre.

Toujours animé d'une ferveur qui étonne ses contemporains, Donato Sanminiatelli court à la rencontre de tous les morceaux d'Italie qu'il voudrait réunir et nourrir des belles idées conformes à cette italianité caressée comme un rêve, doux et ardent à la fois. Dans ces années qui précèdent l'épisode olympique athénien, son père occupe sa fonction sur la côte dalmate. Ministre du royaume d'Italie. Donato aussi y fait œuvre, à sa façon. Il n'est pas encore ce sénateur que ses pairs nommeront le 19 avril 1923 pour services rendus au royaume, c'est une manière italienne. Il n'a pas encore ce front haut et ce regard ferme au-dessus d'une moustache poivre et sel qui masque l'expression des lèvres et qui indique la maturité, l'assurance et la conviction inébranlable. Mais il couve tout ce qui, de près ou de loin, sert le projet italien et mine la domination austro-hongroise.

La trentaine bien trempée, le comte Donato Sanminiatelli est un aristocrate vif qui se passionne pour les Balkans où fermentent les nationalismes. Pour l'heure, il se consacre au droit des *gens* dans son université florentine. On le dit généreux et modeste. On l'apprécie pour son intelligence racée et son désir permanent de soutenir les populations italiennes des confins que les Habsbourg, par leur volonté d'hégémonie, et les autonomistes dalmates, par leur émergence, voudraient avaler.

En 1889, avec d'autres, le comte Donato Sanminiatelli installe la "Dante-Alighieri" à Raguse et cultive un fort irrédentisme dans ce bel endroit où l'italianité souffre de devoir lutter sur beaucoup de fronts à la fois.

L'année des Jeux, quand Carlo Airoldi rencontre le comte à Raguse, des Italiens y vivent toujours. Après 1918 et la chute de l'Empire austro-hongrois viendront une autre histoire, un autre siècle, d'autres noms pour dire les mêmes lieux, le même air, la même mer – bleu guède aux hivers, bleu maya, persan et saphir aux émulsions de l'été –, les mêmes rochers et pierres d'angle des demeures puissantes et les frontons des églises et les arbres tordus par les vents marins et l'herbe fraîche du printemps gorgée du sel voisin.

À Florence, le comte s'active autour de multiples projets politiques et partage volontiers les idées de l'Accademia dei Georgofili. Depuis longtemps, il s'enthousiasme pour les ambitions de cette institution créée au XVIIIe siècle par le chanoine Ubaldo Montelatici alors poussé par le désir d'étudier toutes les questions agraires et d'améliorer la production agricole grâce à un usage rationnel et vertueux du sol. L'Académie – le comte cultive lui aussi cette amitié et cette proximité intellectuelles – a beaucoup puisé aux idées des Lumières.

Jusqu'à la fin de sa vie, Sanminiatelli publie beaucoup. Il s'intéresse à l'émigration rurale en Toscane et à l'opportunité de la contenir en favorisant l'enrichissement des tout petits propriétaires. Il étudie aussi les colonies italiennes en Amérique du Sud et la navigation à vapeur entre l'Italie, la Dalmatie et la côte monténégrine.

Il conserve toujours dans son portefeuille le discours de Cosimo Ridolfi sur la fondation, à Florence, d'une école d'enseignement mutuel. Un discours prononcé à l'Académie le 3 janvier 1849 et dont il peut réciter des pans entiers. "Je n'ai jamais pu me livrer à des réflexions sur l'histoire des peuples sans être conduit à conclure qu'en aucun temps les progrès de la civilisation n'ont été si réguliers et si rapides, que depuis l'heureuse époque à laquelle appartient la découverte d'une méthode facile, j'ose dire admirable, d'instruction publique..."

Souvent, tout au long du périple jusqu'à Athènes, il entreprendra ce discours, et celui de la terre, de l'instruction, de la civilisation en marche, de *l'homme élevé*, pour tâcher de convaincre Carlo. Et Carlo, tout engagé dans son drame en trois actes – le Désir, le Voyage, la Course interdite –, n'y accordera qu'une attention très relative. L'instruction publique, la civilisation, l'homme en marche... Oui. Très bien. Et alors ? Quant à la terre...

Carlo Airoldi s'y intéresse peu, comme il ne se passionne nullement pour les considérations politiques qui accompagnent les revendications, les grands principes, même les plus généreux. La terre est une histoire ancienne. Une marne hostile. Une glaise complexe à démêler. Quand il voit les maigres champs – trois fois rien en vérité – de son père qui appartenaient à son grand-père et, avant lui, à toute la lignée de ses aïeux – la mémoire familiale, avec ses certitudes, ses fantasmes et ses approximations, indique qu'avant eux, très longtemps avant, un Airoldy, un "Espagnol" était venu du sud, et qu'avant, encore, le premier ancêtre serait arrivé du Pays basque dans les bagages des Aragonais en conquête de la Sicile, puis en Basilicate et enfin dans les Pouilles où il aurait fait souche –, il ne peut voir qu'une clôture, l'espace réduit d'une contrainte, une prison que les générations modèlent avec le goût des esclaves pour la chose bien faite malgré les liens endurés et les brutalités subies.

Carlo sait la vie de ses parents qui souffrent d'une mauvaise condition, pas pauvres mais pas assez pourvus pour éviter la chaussure qui les classe, possédant une maison sans confort où l'essentiel ne manque pas mais où l'eau courante serait quand même la bienvenue. Sa mère Annunciata veille au bon ordre des draps épais en lin et du trousseau qu'elle a installés dans une armoire en bois bien modeste de peuplier. Luigi, son père, est un homme silencieux et respectueux de sa femme, et tout autant des lois, des règles, des us et coutumes et des commandements qu'il n'a jamais eu le goût de remettre en question. Le dimanche, pour se rendre en ville, il change de chapeau et remplace celui des champs, tout cabossé et empoussiéré, par une coiffure noire en peau de lièvre – le feutre vient de l'atelier d'un chapelier de Parme, c'est le cadeau de son oncle pour fêter ses vingt ans –, qui durcit les traits de son visage et qui ajoute de la sévérité au costume en velours noir côtelé. Il le porte depuis des années sur une chemise blanche qu'égaye parfois un foulard vert malachite, noué serré autour du cou. C'est un homme bon, jovial, capable de colères terribles, encombrées de bégaiements pour peu que la situation le pousse à ces excès mais aussitôt résilient, de cette nature encline à retrouver les prés paisibles et la parole juste après les gronderies de l'orage qu'il regrette toujours et le trouble du langage, cette désolation des mots et du rythme de la syntaxe forcément simplifiée, qui l'invite, le plus souvent, à se taire.

Depuis l'enfance, Carlo a une défiance au cœur, il ne sait pas à qui reprocher ce qui, croit-il, devrait l'être. Comme Jérôme dont il ne connaît rien de l'histoire et des engagements, il se sent capable de gronder Dieu dont il a compris très tôt, comme une intuition, ne pouvoir rien attendre. Il veut quitter un état. Il veut *en rester là* avec cette condition qu'il ne se sent pas capable de contester autrement que par un brouillon de sensations, il veut traverser la route. Il veut devenir autre.

Quand le comte et Carlo Airoldi se rencontrent à Raguse en 1896, dans un grand café du Stradun, cette longue voie centrale qui sépare la ville minérale en deux, le jeune coureur continue de tout ignorer de cet équipage intellectuel et politique. Il a trois ans de moins que le comte et vit à Saronno, dans les environs de Milan, dans l'insouciance et l'acceptation d'une existence simple et rude mais tout en sachant que *quelque chose* finira par advenir.

Il est né le 21 septembre 1869 à Origgio, tout près de Saronno. Luigi et Annunciata, ses parents, sont paysans. Dans la famille de Luigi, aussi loin que s'enfoncent les racines, tout un peuple de paysans s'avance.

Au village, chacun sait que Luigi peut aussi accomplir les tâches du forgeron si le besoin se manifeste, qu'il est également en mesure de réparer un buffet, un confiturier, une malle, un outil, un ustensile, qu'il est serviable, tient l'argent en respect, se méfie des femmes et de leurs manigances, prend garde aux vilains conflits des hommes et à leur hommerie naturelle, ne fréquente pas les alcools forts du dimanche ni les vins blancs du quotidien. Ni à la maison ni non plus au café où il ne fait que passer très rarement.

Annunciata, elle, vient du Frioul où on la prénommait 'Nunziata, ce pays des confins, lointain pour un Lombard, dont elle a conservé l'habitude des femmes de porter un foulard noir qui barre sévèrement le front. Son regard gris-vert métallique, étrange, supporte tous ceux qui veulent s'affronter à lui. Les femmes la craignent. Les hommes la redoutent. Autour de cette étrangère, un cercle s'est pourtant articulé au fil des ans. Annunciata a d'abord enduré la suspicion, subi une forme de rejet communautaire – on ne parle pas de certaines choses à celle qui n'est pas d'ici et même on l'évite –, avant de gagner une forme de confiance, de respect et maintenant d'autorité naturelle. Annunciata ne commente jamais. Elle écoute, enregistre les informations, les jauge, les soupèse avant d'élaborer une opinion rigoureuse, bâtie selon les règles de l'*opus certum*. Quand elle juge, c'est dans le secret de son cœur. Seul Luigi sait lire son masque de marbre et son silence imperturbables. Il sait que quoi qu'il arrive, sa 'Nunziata a raison et donne toujours bon conseil.

Annunciata travaille beaucoup, tous les jours, du levant à la lune gibbeuse. À la ferme. Mais aussi au service de clientes exigeantes, ces dames de la ville aux mains immaculées, douces et à la nuque claire comme de la porcelaine qui sollicitent régulièrement ses talents de blanchisseuse. Le dimanche, elle s'autorise une matinée de liberté pour se rendre à l'église. Personne ne le sait, bien sûr elle n'évoque jamais cet aspect de sa foi, mais son plaisir se nourrit davantage du rite – s'apprêter, se coiffer, ranger la maison, préparer le repas pour qu'il soit bien avancé à l'heure du retour, sortir, marcher en direction du lieu de culte, ressasser quelques idées saugrenues et drôles, se savoir épiée par les voisines, les amies et les autres, s'installer à sa place dans la sixième rangée à droite à partir du fond, savoir ce qui va advenir – que du fait d'*aller à la messe*. Pendant l'office, elle n'écoute guère le dogme clamé, la Parole annoncée, l'espérance promise, elle se laisse bercer par les mots, une ambiance. Le mystère du latin la comble, c'est son moment de relâchement, son lien avec celles et ceux de sa famille qui ne sont plus là et avec lesquels elle entretient pourtant une forme de commerce agréable où le brouhaha des mots, les tristes mélopées, l'encens abondant, la compagnie immuable des fidèles, dimanche après dimanche, la liturgie, une certaine idée de l'inertie, embaument le souvenir et les structions qui s'amoncelleront et élaboreront l'avenir. Elle le croit.

2.

“À NOUS AUTRES ITALIENS QUI RÊVONS D’UNE ITALIE PLUS GRANDE...”

Carlo l’a lu à la fabrique, passant d’une page à la suivante, d’une nouvelle à l’autre, guettant ici et là un résultat sportif, dont, dans le fond, il se moque un peu. Il l’a lu sur une feuille déjà froissée par les mains nombreuses, enlevée au journal et abandonnée sur un établi, il l’a lu comme une confirmation. Cela a provoqué à la fois une excitation, un emballement dans sa large poitrine et un étrange sentiment de paix à la façon de ces révélations qui vous confirment soudain, comme un éclair d’orage sec, tout ce que vous ressentiez dans la caverne du cœur avant les premiers coups de tonnerre préhistoriques.

Cette course étrange, lointaine, est une évidence.

Et depuis, il ne pense qu’à cette annonciation. Il y a près de deux mois, il a appris qu’un événement se préparait à Athènes, que des sportifs allaient bientôt revenir en Grèce, au berceau de tout, qu’ils allaient courir. Il n’a retenu que cela, qu’ils allaient courir et aussi qu’ils allaient nager, tirer à l’arc, croiser le fer de l’épée, lancer le javelot. Qu’ils allaient courir le marathon.

Il n’a rien dit. Il a tout gardé comme un secret. Il était déjà dans un pays autre, il courait.

Quelqu'un en a parlé à Zotto quand ils ont filé à Milan livrer les commandes hebdomadaires.

Zotto et Carlo travaillent à Saronno dans une fabrique de chocolats où s'affairent plus de cinquante ouvriers. Zotto supervise l'emballage. Carlo veille à la bonne organisation des livraisons.

Donc, ils faisaient commerce à Milan et prenaient un café après les livraisons. Quelqu'un a parlé de la course d'Athènes à Zotto. Cette personne savait que Zotto et Carlo étaient amis. Et cette personne n'ignorait pas que Carlo, une fois, avait couru jusqu'en Espagne, qu'il courait souvent, que pour cette raison il intriguait beaucoup son entourage. C'est ce que Zotto lui a rapporté. Il lui a dit, j'ai parlé à un type qui sait que tu as couru en Espagne. Il m'a causé de cette course à Athènes. Tu sais ? La course !

Et le journal froissé est tombé sous les yeux de Carlo. C'est commode ce journal que le patron met à leur disposition. Lorsqu'il a pris cette décision, beaucoup parmi ceux de son monde l'ont critiqué. Voilà qu'il veut les éduquer à présent ! Il s'en mordra les doigts, ils ont grogné. Même chez les ouvriers, la décision a été accueillie avec méfiance. Certains ont dit qu'il y avait une arrière-pensée derrière ces *bonnes intentions* et que de toute façon, ils n'avaient rien à gagner, eux les employés, en perdant du temps dans la lecture d'un journal qui ne leur était pas destiné et qui portait des idées hostiles à leur condition. Mais une habitude est née et peu à peu, même les plus suspicieux, même les plus politiques ont trouvé de l'intérêt dans cette fréquentation avec l'autre pensée. On gagne toujours à mieux connaître son adversaire, ils disaient maintenant.

À la pause de midi, Carlo aime bien se plonger dans les pages du quotidien. Il apprend que le monde s'agrandit, que des frontières reculent, que d'autres avancent, que des empires neufs se forment, que les circonstances, hier impossibles, entrent aujourd'hui dans le champ des projets raisonnables. Il apprend aussi qu'à Paris, un poète nommé Paul Verlaine est mort, la nouvelle est traitée de façon très sommaire, il la lit et l'oublie aussitôt. Verlaine, un poète, bon eh bien voilà, que dire de plus ? L'an dernier, Carlo a aussi découvert qu'il se passait de drôles de choses à Rome, que ce salaud de Crispi à peine revenu au pouvoir avait déjà décidé d'aller conquérir l'Afrique. Carlo a alors compris qu'il n'était pas le seul à trouver l'entreprise périlleuse, coûteuse et inutile. À Milan, les bourgeois, eux aussi, Carlo l'a entendu dire en ville, sont très critiques et s'inquiètent de savoir où cela va mener leurs bonnes affaires. À Saronno, des camarades socialistes sont venus expliquer que, pour une fois, les bourgeois avaient raison et que l'expansion colonialiste était une infamie. Carlo et ses amis ouvriers ne savaient que penser de cette opinion mais ils étaient quelques-uns à bien mesurer les risques dont ce Crispi de malheur pouvait les menacer. Salaud de Crispi, il porte le désastre sur sa mauvaise face. Je n'aime pas ses moustaches épaisses, on dirait qu'elles lui sortent des narines, c'est un fourbe ce type, c'est certain, c'est écrit sur son front. C'est un de ces bourgeois à qui rien ne peut arriver jusqu'à la fin du monde, qui mange bien, qui s'habille bien, qui met un peu de parfum en pressant la poire, qui sait toujours tout, de ce savoir-oracle tombé du ciel sur quelques-uns seulement, un autoritaire colérique contre qui lui résiste, qui porte des chapeaux et qui fume des cigares toscans. C'est bien lui qui avait dissous le parti socialiste l'an dernier, en octobre. Ce salaud. C'est bien lui qui avait déclaré l'état de siège en Sicile, où il avait même envoyé un corps expéditionnaire pour rétablir l'ordre. C'est bien lui qui avait maté les ouvriers des carrières de Carrare. Tout cela, c'est bien lui et rien que lui. Alors maintenant qu'il veut aller en Afrique, en Abyssinie, Carlo est méfiant et ils le sont tous à la fabrique, sensibles comme les moustaches d'un chat. Ils en parlent entre eux. Ils lisent le journal dès que c'est possible, ils font des commentaires sommaires. En 1859, Crispi clamait déjà : "À nous autres Italiens qui rêvons d'une Italie plus grande et nous rappelons le passé, l'Afrique nous semble le symbole du passé et l'espérance ardente de l'avenir", le journal rappelle ces mots qui ne veulent rien dire, c'est ce qu'ils pensent tous, Carlo aussi, l'Afrique, tu parles, la mer Rouge, c'est où ? Parfois, c'est une moue ou une expression intriguée quand l'un dit ce que l'autre entend sans répondre. Mais cette fois, ce n'est pas la politique qui attire la lecture de Carlo. Cette fois, il apprend que des jeux sportifs vont être organisés à Athènes dans les mois à venir, l'année prochaine, en 1896, et il aura vingt-huit ans.

Des jeux o-lym-pi-ques.

Il se convainc que toute sa chance est là. Il relit les quelques lignes qui parlent d'un M. de Coubertin, un Français et d'un autre Français, un M. Bréal qui rêve d'offrir lui-même une coupe au vainqueur d'une course qu'il veut baptiser *course de marathon*. La nouvelle touche le cœur de Carlo, ses jambes, sa nuque, la pulpe de ses doigts, tout le corps. Il se dit que la complétude de son destin patiente là, à portée de mains, de jambes, de foulées. Mais il se tait. À la fabrique, inutile de causer. Les camarades se moqueraient, même si le fait qu'il aime courir est notoire. Ils disent que courir est aussi excentrique que faire l'homme fort dans les foires – quelle idée d'exhiber ainsi sa musculature ! – ou de vouloir défier des cavaliers sur leur monture. Depuis toujours, Carlo veut battre un cheval et son cavalier sur une longue distance. Depuis peu, Carlo fait parfois le lutteur dans les foires, à Legnano, à Tradate, à Busto Arsizio. À Origgio bien sûr, chez lui. Une fois, il s'est rendu jusqu'à Bergame où, c'est ce qu'il retenait de ce voyage, il avait vu un gros canard de Barbarie dans un jardin – noir, blanc de plumes, boursouflé de chairs rouges sur la tête jusqu'au bec –, surpris de tomber sur un tel animal en ville où il ne l'attendait pas, le canard avait l'air éternel et idiot. Pour un peu, Carlo lui aurait jeté un caillou pour déranger cette inertie stupide.

Quand il a le temps, le dimanche, Carlo gagne un peu d'argent avec ces extravagances de foire et surtout il apprécie de mesurer sa force. Il aime lever des haltères, s'affronter à des densités insensées. Sa carrure le lui permet et depuis l'adolescence, il sait l'acier qui durcit ses bras, son torse, ses abdominaux, son fessier, ses chevilles, ses orteils et ses ongles épais là où son corps s'achève.

Son travail occupe beaucoup de ses journées mais ne conquiert pas tout son esprit. Il gagne peu mais cela lui suffit. Ce salaire lui permet d'acheter trois ou quatre chemises par an et deux paires de pantalon, ce n'est pas si mal, d'aller de temps en temps à Côme, pour se promener et faire un tour de barque sur le lac, avec des amis de Saronno et d'Origgio. Il économise le reste et aussi il participe aux frais de la maison, il habite avec ses parents et cela lui va encore. Il mesure son état avec un contour de lucidité : ce n'est pas un travail très gratifiant que de vérifier le nombre des boîtes commandées et des paquets qu'elles constituent mais, au fond, il s'en moque. Sa vraie vie est ailleurs, dans le sport. Carlo ne prononce jamais le mot sport. Il dit *j'y vais* quand il quitte la maison ou quand il évoque le projet d'une course. Son père s'est fait à l'idée que c'est déjà une réussite d'avoir quitté la ferme et de ne pas devoir suer et trimer aux champs quand il ne faut pas compléter cette somme d'efforts ingrats par des travaux à la forge.

Dans les environs, le père est bien le seul à penser de cette façon et la plupart de ses amis le plaignent d'avoir un fils qui ne suivra pas ses traces à la vigne ou dans les sillons de blé. Ils disent que la terre ne se quitte pas, qu'elle ne s'est jamais quittée, et certainement pas pour aller en ville travailler dans une fabrique de chocolats, pour passer son dimanche à faire le couillon dans les foires, à courir sur les chemins, courir sans but, les genoux hauts et le buste droit, les yeux fixés à l'horizon. Cela, ils ne le comprennent pas. Les femmes, peut-être sont-elles plus virulentes encore dans la critique, mesquines même, bêtasses, elles disent qu'aucune jeune fille ne s'intéressera à un *zingaro* pareil qu'on sait davantage avec des socialistes aux idées étranges et même dangereuses qu'aux corvées des vendanges ou des moissons. Ces idées socialistes, Carlo, ne les partage que par bravade, il les aime parce qu'elles perturbent un ordre dans lequel il est pourtant tout soumis, ces idées il les savoure parce qu'il sent, grâce à elles – que d'autres développent et articulent, ce qui suffit à son adhésion muette, – une fierté, l'impression d'avoir déjà changé de monde. Quant aux corvées, Carlo ne les ignore pas, il y participe, il aide aux travaux quand les saisons arrivent mais, il ne sait dire pourquoi, cette vie le laisse froid, vide, cette vie le rend mélancolique, il déteste la boue et les mains bleues lorsque la gelée les surprend en plein travail, il refuse l'éreintement de l'été sous les gerbes de paille et le temps des fenaisons encore plus harassant. Il nourrit souvent de forts scrupules de ne pas être plus solidaire envers les siens. Mais il leur en veut aussi, sans pouvoir trouver un argument raisonnable, de se maintenir dans cet état rustique. Il voudrait qu'ils aient eux-mêmes engagé autrefois leur propre révision de l'ordre établi, quitté la campagne, abandonné l'état normal des choses. Il a toujours désiré partir, traverser un miroir et maintenant il rêve d'aller ailleurs qu'à l'usine et qu'à Milan. Il imagine son arrivée victorieuse à Athènes.

Milan, pourtant, c'est déjà chaque semaine une petite aventure. Zotto et Carlo s'y rendent dans de grands cafés, chez des pâtissiers de renom et ils voient bien comment se passe la vie dans ces doux endroits. Ils côtoient des messieurs très élégants, bien coiffés, au maintien toujours impeccable, avec des gants crème en hiver et en coton blanc à la mi-saison, un peu comme le patron de la fabrique, mais avec un je ne sais quel supplément dans le bien-paraître, vraiment ces gens sont habillés comme des petits seigneurs et parfois, certains se parfument. Son père dit que les hommes capables de céder à une telle fantaisie ont quelque chose à cacher et pas seulement une mauvaise odeur d'aisselles ou une haleine scélérate. Ce sont de bien drôles de zigotos. Il y a aussi les dames, parfaites et maquillées. Pour les gens d'Origgio, Carlo le sait bien, le maquillage trahit d'autres penchants pour une vie dévoyée. À Origgio, même les dames des messieurs ne se maquillent pas. Ou alors si peu et d'une façon extrêmement discrète, exclusivement convenable. Et aussi, il y a les jeunes filles milanaises, derrière les comptoirs. Carlo les trouve belles même quand elles sont boudeuses et peu gracieuses. Elles ont une façon de le regarder, parfois pour se moquer de son fort accent, je me fous de mon accent, je sais que j'aspire les *h* comme les bûcherons des montagnes et que les consonnes claquent fort dans ma bouche et que ma langue..., – puisque c'est bien d'une langue dont il s'agit, même si ceux qui l'ont laissée peu à peu, ont choisi l'italien, m'agacent avec cette question du dialecte –, cette langue est la mienne, tu parles d'un dialecte, qu'est-ce qu'ils m'emmerdent avec ce dialecte, moi aussi je sais l'italien et sinon comment on me comprendrait à Milan, il grommelle. Il y a aussi ses manières qu'il reconnaît un peu brusques, mais mon corps c'est mon corps, il dit, et je bouge comme je dois bouger avec mes gros doigts, mes épaules et mes cuisses larges et mes pieds qui partent un peu en *v*, sauf quand je cours. Mais les jeunes filles guettent, malgré tout, les livraisons de Zotto et de Carlo et ils sont heureux de toujours parvenir à faire sourire l'une ou l'autre. Parfois, sans formuler quelque projet, Carlo se laisse submerger par le désir d'une jeune femme comme la serveuse de chez Bacini, Fiorella, ou la manucure en face de ce grand restaurant, Fratelli Donato. Une brune terrible et une rousse vénitienne. De très belles jeunes femmes à la peau laiteuse et aux manières raffinées, avec une douce malice dans le regard, qui indique une grande autonomie et le goût d'un homme auprès d'elles, même pour une escapade éphémère. C'est ce qu'il pense sans donner plus de mie à ce pain de l'imagination qu'il pétrit et dont il fait chanter la croûte. Il se convainc que le fait de participer à une course comme celle d'Athènes pourrait l'aider dans cette entreprise amoureuse, enfin, dans ce projet, parce que l'amour des amoureux, c'est encore une autre affaire. Mais pour l'heure, pas question d'en parler à quiconque sinon à Zotto. Et puis l'amour des amoureux, il s'en moque. Seule la chair lui suffit de temps en temps, quand le besoin existe, il sait alors se rappeler au souvenir d'une voisine, une veuve pas trop vieille, il ignore son âge exact, elle ne le lui a jamais avoué, peut-être une dizaine d'années de plus que lui, tout au plus, et joue avec cette ambiguïté, refusant de le lui révéler, lui reprochant en secret de ne pas vouloir en savoir davantage, il imagine qu'elle doit avoir dans les trente-huit quarante, oui dans ces eaux-là, et puis quelle importance qu'elle ait toute cette avance sur moi, ce qui compte c'est la simplicité même si rien n'est simple et que ça cause dans notre dos, mais nous avançons sur le chemin comme si nous ne nous apercevions de rien et comme personne n'ose aller plus loin dans la remontrance, la médiocrité s'étalonne toujours à la lâcheté, jamais d'objurgation franche et directe, ça cause dans le dos et c'est tout, ça miaule, ça feule, ça couine, ça grince des dents et ça se tait, ça disparaît jusqu'à la fois suivante, ce qui compte, c'est son accueil, ses mains chaudes et sa façon de me saisir le membre sans enlever le pantalon, puis de glisser ses doigts le long du ventre et de grogner des secrets quand elle m'avale tout ça et qu'on reste comme des ahuris avec les yeux brillants une fois que c'est fait, j'aime le faire, je me tends comme un fou et je la sens toute folle au bout, et je dis Gioia, Gioia, Gioia, elle s'appelle Gioia, comme s'il n'y avait que la joie pour résumer sa vie, tu parles, un beau drame sa vie, toute seule, comme ça, à machiner avec un type comme moi qui ne lui promet rien et qui vient après la nuit tombée et qui l'envahit, avec maladresse, qui ne se pose jamais la question de la tendresse et de la destinée de cette in-tendresse sinon en s'éclipsant à l'aube et dans le fond, même si une courte douleur pleine de scrupules impossibles à déterminer l'envahit parfois, elle s'estompe quelques pas plus loin et alors, un sentiment radicalement inverse le submerge et le conforte. À cet instant, Carlo n'ignore pas qu'une entreprise de séduction et de construction conjugale le conduirait vers d'autres sentiers, loin du chemin qu'il veut tracer. Loin des courses. Beaucoup trop loin.

Zotto a regardé Carlo avec des yeux comme des billes de verre. Que me dis-tu ? Que tu vas courir cette course à Athènes ? Mais qu'est-ce qui t'arrive ? Es-tu devenu fou ?

Aussitôt, Carlo a regretté de lui avoir révélé son projet, il faut toujours se taire quand on veut courir jusqu'à la lune, il se dit. Pour noyer les arguments de Zotto, Carlo a insisté : rien ne me ferait plus rêver que de m'aligner au départ de cette course, je t'assure. Et d'ailleurs, je te le dis, j'ignore comment je vais pouvoir faire, mais je vais aller à Athènes et je vais courir ce marathon. Je n'ai peur de rien, tu le sais Zotto, je vais courir ce marathon.

Zotto lui avait demandé ce qu'était exactement un marathon. Carlo ne le savait pas vraiment alors. Il avait demandé très discrètement à l'instituteur de le renseigner, et cela bien sûr avait éveillé des soupçons chez ce dernier.

L'instituteur, *Dottore* Ferruccio Materrassi qui avait fait son instruction et celle de tellement d'autres enfants à Origgio, lui avait parlé de la bataille de Marathon, d'Hérodote, des Perses, des Athéniens, de Miltiade, des Platéens, de Sparte, des milliers de morts après la victoire d'Athènes, de ce guerrier, dit-on, qui courut de Marathon à Athènes pour prévenir la cité. L'instituteur demeurait prudent sur l'existence de ce guerrier. Il parlait d'une légende mais Carlo se moquait bien de l'épaisseur entre une légende et la réalité. Il devinait qu'une telle distance était possible dans ses jambes.

Et aussi, l'instituteur avait expliqué tout ce qu'il savait sur l'invention de ces jeux modernes. Il avait confié à Carlo que c'était une petite révolution et que le sport était une belle chose pour le corps et l'esprit quoiqu'il restât très perplexe sur les intentions véritables des aristocrates, des militaires et des jeunes gens des bonnes familles des Amériques, d'Australie, de France, d'Angleterre, d'Allemagne qui avaient la main sur les disciplines.

L'instituteur avait expliqué à Carlo la grande différence entre la façon, pour la bonne société, de vouloir le sport glorieux, eût-il entièrement été dévoué à la cause de la paix internationale et celle de favoriser le développement de l'exercice physique dans les couches les plus anonymes du peuple.

L'un n'est pas l'autre, avait prévenu l'instituteur. L'un concerne ceux qui ont du temps, de l'argent et le souci d'imposer une morale. L'autre s'intéresse à ceux qu'une meilleure santé pourrait aider à mieux vivre.

L'instituteur avait reconnu : tu as du courage de vouloir te mesurer à ces gens-là, mais tu ne fais pas partie de leur société, sois prudent, et ne l'oublie jamais. Eux ne l'ignorent pas. Jamais.

Sans entrer dans le détail politique de l'affaire à laquelle il ne prêtait d'ailleurs guère d'importance, Carlo avait tout rapporté à Zotto, lequel à présent le prenait pour un fou, comme si quelqu'un d'autre que lui, un vortex ensauvagé, avait réussi à se glisser dans sa tête et ses jambes et ses pieds et son cœur.

À la fabrique, Zotto a parlé de ce projet à Loris et à Fabiano en leur faisant jurer de tenir leur langue. Une semaine plus tard, tous ceux des emballages étaient au courant puis l'atelier des femmes s'occupant des mises en boîtes et bientôt le patron, tous surent le projet de Carlo. Le patron, l'*Ingegnere* Caropoli, le convoqua dans son bureau et le soumit à un flot de questions. Dis-moi, Carlo, qu'est-ce qu'on me rapporte ? Que tu veux quitter la fabrique pour aller à Athènes ? Mais qu'est-ce que tu imagines au juste ? Qu'est-ce que tu mijotes ? Cela ne t'a-t-il pas suffi d'aller courir jusqu'à Barcelone, jusqu'à Lecco, et je ne sais plus où encore ?

Non, *Signor Ingegnere*, cela ne me suffit pas, avec tout le respect que je vous dois, je suis obligé de vous dire que ma vie ne se passera pas ici, même si je gagne un salaire correct, ce dont je vous remercie, comme mes parents vous remercient tous les jours de me donner ce travail, je veux courir et je veux qu'on me connaisse, qu'on me reconnaisse, avec tout le respect, je ne suis pas comme vous, quand vous sortez de chez vous, vous, on vous connaît, je ne sais pas comment vous dire, chacun peut penser ce qu'on veut de vous, et même du mal, enfin vous me comprenez, ce n'est pas moi qui pense du mal de vous, au contraire, avec tout le respect... mais voilà, vous, on vous connaît pour ce que vous êtes et pour quelque chose qu'on ne sait pas, qu'on devine, moi je veux qu'on sache que j'ai une force et aussi je veux un chapeau et une veste, j'en vois qui en ont à Milan et qui les portent comme je voudrais les porter moi aussi, pas comme vous *Signor Ingegnere*, vous c'est différent, avec le respect que je vous dois, cela vous va bien, c'est normal, moi c'est autre chose, je veux une autre sorte de chapeau et de veste, enfin vous voyez... et aussi je veux que *La Bicicletta* parle de moi et qu'on me montre en photographie avec ce chapeau et cette veste et même des souliers en cuir comme j'en ai vu dans une vitrine à Milan.

Le soir même, Carlo invita son père à le suivre hors de la maison pour lui annoncer la nouvelle. Son père sourit, de ce sourire qui lui épargnait les longues phrases impudiques où l'on s'égare, un sourire tendre qui l'accueillait lorsqu'il rentrait à la maison, vainqueur d'une course, éreinté, fier, bourru, déposant son fardeau de fatigue avant d'aller pousser la porte de Gioia pour lui offrir les dernières forces du jour. Ce qu'en pensa, Annunciata, nul ne le sut jamais. La mère reçut l'information de son mari le lendemain. Quelques mots, à peine quelques phrases, il va partir, Athènes, une course, c'est bien pour lui, je crois. Elle ne fit aucun commentaire. Son seul souci était de savoir quelles affaires il emporterait et qu'elle devrait préparer.

3.

JE SUIS SEUL

Le 15 septembre 1894, dans une lettre qu'il écrit depuis Glion, dans le canton de Vaud, au comte Pierre de Coubertin, Michel Bréal donne son adhésion "pleine et entière au Comité". Il s'agit du Comité international olympique.

Dans cette lettre, il assure le comte de ce que "les Jeux olympiques et la Paix forment un très beau sujet sur lequel il y a des choses vraies et utiles à dire".

Il ajoute : "Puisque vous allez à Athènes, voyez donc si l'on peut organiser une course de Marathon au Pnyx. Cela aura une saveur antique. Si nous savions le temps qu'a mis le guerrier grec, nous pourrions établir le record. Je réclamerais pour ma part l'honneur d'offrir la Coupe de Marathon."

En 1894, Michel Bréal est un helléniste renommé de soixante-deux ans. Professeur au Collège de France, il a fondé l'École pratique des hautes études, inventé la sémantique, défendu le civisme républicain, la laïcité, le bien public, le patriotisme, la philanthropie, le progrès, la justice, l'État de droit, la paix des nations, célébré la poésie, Mistral et les félibres, les vertus de la science, des arts et du sport.

Le 23 mai 1908, dans une lettre adressée au comte Pierre de Coubertin, il déclarera avec enthousiasme être “chaudement partisan de la gymnastique”. Il poursuivra : “Je suis convaincu que les exercices physiques sont le meilleur antidote et les plus sûrs préservatifs contre la pornographie.” Et aussi : “Un gouvernement bien inspiré, un ministre vraiment préoccupé de l’avenir devrait vous aider de tous ses moyens.”

Pour l’heure, la course de Marathon, pour les Jeux d’Athènes, nourrit donc son idée.

Le 15 avril 1896, dans le grand stade d’Athènes, lorsque les Jeux s’achèvent et que Carlo voit un homme en frac coiffé d’un haut-de-forme avec col cassé et amidonné au milieu d’autres personnages officiels en chapeau melon remettre à Spiridon Louis une coupe, il ne sait pas qu’elle est en argent et qu’il s’agit de Michel Bréal.

Ce jour-là, il distingue tous les détails mais ne parvient pas à construire une synthèse de ce qu’il voit. Il est meurtri, comme ivre de ce bruit infernal lancé des gradins vers le héros grec, ces hourras, ces vivats qui arrachent les gorges et les larynx. Il voit un ciel que, la veille, une pluie, a lavé. Il voit le Parthénon dans le lointain. L’Acropole. Cela n’évoque pour lui aucun romantisme, aucun mystère mythologique, aucun intérêt architectural. Rien du souvenir d’Athéna et des Caryatides. Rien de l'Antique. Carlo est dans un vide, comme jadis Ulysse le confia à Euryloque, il pense confusément :

Je suis seul.

Il écrase ses molaires les unes contre les autres jusqu'à la douleur, comme cinq jours plus tôt quand Spiridon Louis a franchi la ligne d'arrivée, et d'ailleurs ce trismus ne doit rien à sa volonté, le mécanisme implacable de la mâchoire est le fruit de ses nerfs incontrôlés, il sait que du sang suinte de la racine des gencives, le goût âcre tourne dans sa bouche, il passe ses paumes sur le plat de ses cuisses où subsistent quelques meurtrissures de l'odyssée depuis Milan. Il appuie. Une chaleur prend ses mains, la toile de son pantalon, ses jambes.

Il se tait. Puis il gronde avec la foule sans ouvrir la bouche. C'est un cri des grottes – Platon ne l'aurait pas imaginé plus primaire et plus sombre, *sans soleil* –, une rumeur du fond des temps. Il psalmodie sa défaite et sans comprendre ce qui le pousse maintenant à cette sourde adhésion, il associe ce chant noir aux éclats des vainqueurs.

Il a tout perdu.

Il dit : *j'ai perdu.*

J'ai perdu par la faute des autres. Je n'ai pas eu la chance offerte. J'ai toujours dit merci. J'ai toujours cru à la nécessité d'être plein de la gratitude qu'exige ma condition. J'ai toujours voulu justifier le mépris et l'indifférence à mon encontre de ceux que je pensais apprivoiser avec mon merci éternel. J'ai perdu par leur faute. Mais j'ai tout gobé d'eux. J'ai donc perdu par ma faute aussi. J'ai perdu par crédulité, faiblesse, par croyance. D'abord on croit puis on croule. J'ai plus perdu encore en ne participant pas. J'aurais dû courir, même sans être agréé par les Grecs. Ces mauvais Grecs... Je me serais alors inscrit dans une histoire. J'aurais dû tout percuter, ne rien respecter. Faire à ma façon. Aurais-je couru, officiellement inscrit, définitivement non inscrit, aurais-je franchi la ligne d'arrivée en deuxième, troisième, dernière position, la course de marathon aurait retenu mon nom. Le nom d'un brigand peut-être. Mais au moins un nom. Je n'ai pas couru et j'ai tout perdu. Je suis l'homme qui a déjà fini mais qui ne le sait toujours pas, qui s'illusionne encore, malgré tout, de quelques imaginations du corps puissant, tout en humeurs, en sèves, en sangs. Mais jusqu'à quand ces humeurs, ces sèves, ces sangs ?

4.

BUFFALO FAIT DÉFAUT

Tout avait commencé dans l'enfance, assez tôt, lorsque Carlo déjà robuste pour son jeune âge inventait des défis physiques. À la campagne, tout était prétexte pour qu'il soulève, lance, brise, affronte, lutte. L'enfance, je n'en sais plus rien, on ne m'en a rien dit d'édifiant, d'éclairant, j'ai été enfant, ça je le sais, tout le monde sait qu'il a été enfant, mais c'est tout, le reste flotte comme une gésine dans un cours d'eau qui l'emporte au gré des courants jusqu'à une mer où elle parvient peut-être toute moisie, toute pourrie, toute démantelée. Aujourd'hui, je sais que c'est ça la vie. Une forme sans forme.

Moi enfant, je voulais casser des cailloux, casser des branches en me suspendant à elles, je voulais affoler les volailles, les forcer à s'envoler, même les plus lourdes et les plus impotentes, celles qui n'y arrivaient plus depuis des millénaires, je voulais tout dévorer, les fruits des arbres, prunes, cerises, poires, kakis des plaqueminiers, les grappes des vignes, le lait chaud des vaches, toucher leurs pis, leur tordre les mamelles pour qu'elles donnent des coups de pied dans le vide, cela me faisait rire. J'avais la rudesse des enfants terribles.

À l'école, ses camarades évitaient prudemment les confrontations rugueuses avec Carlo. À huit ans, il aimait porter sur ses épaules le chien de la famille le plus loin possible sur le chemin, jusque sous les bouquets d'osier qui servaient à tresser des paniers. La pauvre bête, un griffon fort abâtardi, qui pesait très lourd et qui devait beaucoup de ce poids à son âge, subissait les épreuves avec un air d'animal battu avant de se réfugier dans quelque alcôve de l'étable lorsque le supplice s'achevait. Les bottes de foin n'impressionnaient guère l'enfant et il fallait de la patience à son père pour accepter de reconstruire sous la grange l'édifice que le fils aimait démolir bruyamment, méthodiquement, comme un golem enragé, pour le simple plaisir de lancer les bottes avec force et hauteur et longueur et ardeur. Il y avait des colères paternelles et même une fois, une course poursuite entre le père excédé et Carlo tout rouge de bonheur et de terreur, heureux de lui échapper. Mais l'affaire revenait comme les saisons. Et il fallait tout l'amour et toute la patience d'un père pour rehausser ces lourdes bottes de foin comme Sisyphe son rocher quotidien. Quant aux corvées des blés en juillet, Carlo ne voyait qu'un seul intérêt au temps des moissons : provoquer des compétitions avec les camarades, les cousins, les voisins, aux champs, pour manipuler le plus de gerbes possibles en un temps donné ou bien, dans telle ou telle parcelle que les faucilles avaient transformées en éteules. Dans la petite mare, derrière la maison, il se plaisait à jeter de très gros cailloux qui faisaient fuir les canards pataufs érotomanes et qui éclaboussaient les alentours lorsqu'ils trouaient la surface paisible de l'eau.

Un jour, très jeune, Carlo eut l'idée, dans le pré des voisins, de se lancer à la poursuite d'un cheval sans race mais encore vif et ce projet laissa beaucoup de belles et fortes impressions dans sa mémoire fertile toujours prompte à transformer une aventure sans spectateur en promesse de gloire avec un scénario où il serait le héros nouveau, résumé parfait d'un spectacle admirable tout centré sur lui, obnubilé par ses mérites physiques, son courage, sa frénésie pour les défis.

Tout jeune aussi, il eut écho des prouesses du fameux Achille Bargossi surnommé l'Homme-Locomotive. C'est lui qui avait lancé la nouvelle mode des records comme celui qu'il accomplit le 21 août 1873, à l'âge de vingt-six ans. Ce jour-là, Bargossi remporta la somme de 120 lires pour avoir parcouru 15 kilomètres en moins d'une heure. Six ans plus tard et alors Carlo avait déjà dix ans, Bargossi signait encore un exploit que le jeune enfant ne devait jamais oublier et dont les journaux apportèrent la nouvelle jusqu'à Origgio avec une merveilleuse emphase et de hautes clameurs. Les 9 et 10 juin 1879, l'Homme-Locomotive, petit de taille mais dur comme l'acier, se trouvait à Rome sur l'hippodrome de Villa Massini où la compétition le mettait en concurrence avec un cheval monté par Napoleoni, un célèbre cavalier de ce temps. Les principes retenus étaient simples : le cavalier à cheval et le coureur à pied devaient parcourir la plus longue distance possible en vingt-quatre heures et celui qui aurait accompli le plus grand nombre de tours serait déclaré vainqueur. Le cheval pourrait galoper, trotter, marcher au pas, s'arrêter. Bargossi bénéficierait des mêmes conditions. Quant au cavalier, il devrait toujours être le même. Pour le cheval et Napoleoni, la course dura vingt-trois heures et trente-cinq minutes. Achille Bargossi s'imposa après avoir avalé 165 kilomètres en vingt-quatre heures. Les témoins se souvenaient d'un souffle puissant – comme si les narines et les poumons avaient été taillés et laminés dans un métal inconnu –, et aussi d'une volonté incroyable pour le commun des mortels, en particulier dans les moments difficiles où le corps menace de céder, où les pieds souffrent des pires meurtrissures et où le terrain boueux n'aide pas les appuis et brise les muscles en feu, à vif, les écorche.

Le 13 avril précédent, l'Homme-Locomotive avait déjà signé une performance entre Milan et Turin : environ 150 kilomètres parcourus en quatorze heures avant d'abattre une distance de 182,865 kilomètres en vingt-huit heures à Naples en juillet suivant. Soit cinq cent un tours de piste contre quatre cent douze pour le cheval qu'il défiait.

Carlo aussi aimerait s'aligner aux côtés d'un cheval. L'idée le séduit énormément. Mais les occasions manquent. Quelques maigres aventures s'offrent à lui, ici ou là. Mais rien ne s'avance suffisamment brillant à ses yeux.

En 1890, l'évidence s'impose enfin. La bonne occurrence est à portée de main. Carlo n'en parle à personne. Mais c'est Buffalo Bill qu'il sollicitera pour cette épreuve. Il est encore très jeune mais depuis trois ans, son corps a déjà éprouvé les très longues distances. Il se sent prêt. Il lui faut un morceau de bravoure pour célébrer ses vingt et un ans. Il se rend donc à Milan où le Wild

West Show fait halte du 2 au 13 avril, non loin de l'Arco della Pace et du château des Sforza. Toute la compagnie s'y trouve réunie : deux cents personnes dont la moitié d'Indiens, dix-huit bisons, cent quatre-vingts chevaux, quatre ânes, cinq taurillons sauvages, dix élans. Carlo s'approche du campement, respire des odeurs fauves. La cavalerie empeste. Les bisons encore plus. Et les taurillons, les élans, ces curieuses créatures aux armures étranges et menaçantes. Le premier Indien qu'il aperçoit lui laisse une impression décevante. Les affiches publicitaires montraient des guerriers en grande tenue. Des plumes, des peintures de guerre, des armes dangereuses, des colliers mystérieux, des airs redoutables qui horrifient le bourgeois européen. Celui-là porte péniblement deux seaux d'eau. Il est vêtu de guenilles. Il sent mauvais. Sa mine est triste, son visage gris, et ses pensées comme très éloignées de sa tâche immédiate. Un gaillard s'avance, la mâchoire aussi carrée que ses épaules. Son regard ressemble à celui de l'élan que vient de découvrir Carlo. C'est un géant dont la blondeur hésite avec la rousseur. De sa chemise bleue comme un ciel du Montana, une toison s'extrait, dérangeante, presque malsaine.

— *What are you looking for, sir ?* lui demande-t-il sur un ton très énergique.

Carlo ne comprend pas, évidemment.

— *Moment please*, poursuit le colosse.

Il s'éloigne, revient avec une jeune femme que Carlo prend pour une Bohémienne. Elle assure la traduction.

— Qu'est-ce que tu veux ?

— Je voudrais rencontrer M. Buffalo, explique Carlo.

— *You wanna see Mister Buffalo*, répète l'homme à la mâchoire carrée, aussi interloqué qu'amusé.

— Cela sera difficile, coupe la jeune femme.

— Pourquoi ? demande Carlo.

Elle parlemente avec l'homme, se tourne vers Carlo.

— Parce qu'il n'est pas là en ce moment. Et parce que de toute façon, il est toujours très occupé.

— Mais j'ai une proposition très intéressante à lui faire.

— Ah ! Laquelle ?

— Je vois que vous avez de nombreux chevaux ici. J'aimerais beaucoup courir à côté d'eux et...

— Tu veux courir à côté des chevaux ?

— Oui, je suis un coureur et je voudrais courir sur une longue distance en même temps qu'un cheval que pourrait monter M. Buffalo. Vous comprenez ?

— *Yes we understand, man ! We do understand you're a crazy funny boy*, interrompt alors l'homme du haut de ses deux bons mètres d'où dévale une cascade de morgue.

Il tourne alors les talons en riant d'une façon très sonore et très agressive. Carnassière. La jeune femme sourit à Carlo, un peu gênée, et lui confie qu'elle doit partir maintenant. Et que lui aussi doit s'en aller. Qu'il faut oublier cette drôle d'idée.

Carlo est blessé. Il s'en va. Il n'ira même pas assister à une représentation. En quittant l'enceinte du Wild West Show, il aperçoit au loin une ombre qui se découpe dans l'encadrement d'une roulotte. Il croit reconnaître la silhouette, le couvre-chef, les cheveux abondants, la moustache des affiches. Mais il n'est pas sûr. Il s'arrête, hésite. Et finalement disparaît avec une amertume dans la bouche.

Était-ce lui à Milan ? se demande encore Carlo, en 1906 en feuilletant les pages du *Corriere della Sera* et en tombant sur une photographie dont la légende indique que Buffalo Bill, à nouveau de passage en Italie, a fait halte à Venise. L'image le montre assis dans une gondole avec quatre Indiens lakotas, deux gondoliers et un type portant chapeau melon qui a l'air très excité.

Était-ce lui ? Peut-être.

5.

GORLA, MILAN, CERNOBBIO, TURIN, ZURICH, BADEN & LES KILOMÈTRES

Le 12 mars 1887 – événement –, la société sportive Pro Patria organise la première édition des 100 kilomètres ouverte aux coureurs et aux marcheurs. Le 9 avril suivant, la société milanaise de gymnastique Forza e Coraggio propose une nouvelle course d'égale distance.

Carlo a dix-huit ans et un désir que rien n'arrête plus dans cette ambiance reçue comme un appel. Il se sent multiple, puissant, il se diffracte comme une image en abyme dans un de ces miroirs de fête foraine, il s'irise d'une lumière riche. Dès qu'il le peut, il court. Beaucoup. De façon anarchique, violente, n'importe où pourvu qu'un chemin se dessine devant lui.

Gorla, dans les proches environs de Milan, 1891. Il a vingt-deux ans. Il galope avec rage, en force, sans équipement, avec de mauvaises sandales aux pieds, cousues et renforcées par ses soins aux endroits les plus sensibles avec des pièces de cuir souple qu'il glane chez un cordonnier de Milan. Le talon et l'extrémité des doigts, la tendre chair de la plante. De la course, il ignore tout mais il apprécie la sévère leçon. Carlo ne retient jamais les plaintes du corps ni les conseils de ceux qui pourraient être utiles à son projet, il s'oublie, il court dans son propre labyrinthe morphologique pour aller toujours plus loin, accumuler des kilomètres en ne pensant à rien sinon à la réussite qui finira bien par intéresser les journaux et le combler. Faire comme Achille Bargossi. Faire comme Luigi Bertelli. Celui-là vient de battre le record de marche : 155 kilomètres. C'est en septembre 1891. Carlo ne cesse plus de songer à ces kilomètres. Ceux de l'autre. Bientôt les siens. Il les matérialise comme les boîtes de chocolats qu'il empile et dont il tient un compte strict sur les registres de la fabrique. Les kilomètres l'accaparent. Il les additionne, imagine des circuits, des trajets de plus en plus longs, des étapes interminables, des succès. Il ignore ce qu'aller toujours plus loin signifie. Aller lui suffit. Il faut aller. Y aller. Il court comme son père martèle dans sa forge, avec la cadence qu'impose au geste la volonté.

Maintenant, il a laissé une moustache fière s'installer sous ses narines. Des deux côtés, les pointes se dressent. Carlo a un air de conquérant, d'inventeur de mondes neufs. De condottiere. Dans le maillot estampillé de la Voluntas de Milan qu'il garnit généreusement d'une musculature brute et fort développée, il pose volontiers pour la photographie, les mains dans le dos, le poitrail tendu, les cuisses galbées jetées à l'admiration du spectateur et le regard lancé sur la droite.

Le 24 juin 1894, le jeune Giovanni Bigini de sept ans son cadet s'impose dans les 50 kilomètres entre Milan et Cernobbio. En quatre heures et une minute. Carlo connaît ce commis qui travaille dans un commerce milanais. Il le félicite mais la victoire du gamin l'agace beaucoup et à vingt-cinq ans, il comprend que trop de temps a passé et que désormais, il faut être dans la course, il faut être un taureau, un marteau, un merlin, il faut dérouler le tapis, avaler des distances, oublier qu'un monde existe, accomplir des courses, longues, dures, interminables, radicales et gagner comme un seigneur.

Le 22 juillet 1894, c'est lui qui remporte les 50 kilomètres entre Lecco et Milan, une distance qu'il couvre en quatre heures vingt-deux en arrivant fourbu et dans un piètre état. Bigini est derrière lui. C'est le plus important. Il franchit la ligne d'arrivée vingt-trois minutes plus tard. L'écart satisfait la fierté de Carlo. Il jette un mauvais regard à Bigini qui n'y prête aucune attention. Dotti est troisième. Il arrive trente minutes après Carlo. Carlo n'en tient pas cas. Il est devant, premier. Cela suffit. La même année, en novembre, il s'offre la Milan-Turin et la Zurich-Baden. 22,5 kilomètres en une heure dix-sept. Maintenant, il se sent prêt pour le grand œuvre : une course de 1 026 kilomètres en seize étapes reliant Turin à Barcelone, là-bas, en Catalogne.

6.

500 PESETAS, 150 LIRES

La course Turin-Barcelone, attendue en septembre 1895, annonce une manifestation sans précédent qui aiguise l'appétit des athlètes de l'extrême. Elle est organisée par les Pionniers de la paix turinois. Au siège du club installé dans la Galerie nationale, Scotti, le président des Pionniers, Robotti, le secrétaire, Saettone, un des sociétaires et Teofilo Rossi, consul d'Espagne, construisent l'événement dont ils souhaitent faire l'expression universelle de l'amitié entre les nations. Avant le départ, le président Scotti lève son verre pour saluer l'esprit de cette course pacifique qui aidera le projet fraternel entre les peuples. Il lève encore son verre pour dire son admiration des champions en lice et du travail du comité d'organisation. Il salue les Pionniers de la paix et célèbre la paix internationale. Carlo n'a que faire de la paix, des peuples, des nations. La vie, c'est la guerre. La course, c'est le combat. La victoire, c'est la rage qui te l'offre sur un plateau. Le reste, ce sont des billevesées. Carlo pense : de la viande molle. Des couillonnades pour les ventrus.

À cette époque, le projet olympique est déjà bien avancé. L'année précédente, après une tentative vaine en 1892, le baron Pierre de Coubertin profite du congrès olympique organisé à la Sorbonne du 16 au 23 juin pour affirmer sa volonté de restaurer les Jeux olympiques. À ses côtés, le roi des Belges Léopold II, le prince de Galles, le diadoque Constantin, fils du roi grec Georges Ier donnent une épaisseur au projet. Le Comité international olympique est créé. Il est alors beaucoup question de fraternité entre les peuples, surtout entre les nations, il faudrait dire.

Toutes ces considérations géopolitiques n'atteignent pas Carlo. Ce qui compte, c'est l'effort, c'est la course, à la dure. Ce qui paie, c'est la victoire. En 1894, Carlo est tout à ses premiers succès qui le comblent et l'encouragent. Il court et plus rien n'a désormais autant d'importance – d'intelligence, il pense une fois – que cette volonté farouche d'engloutir des dizaines et des dizaines de kilomètres.

Le dimanche 8 septembre 1895, à 8 heures, il s'aligne donc au départ de la course Turin-Barcelone avec trente concurrents à ses côtés, place Carlo-Felice à Turin. Carlo porte un maillot tricolore. Tandis qu'il rejoint la place résonne en lui le prénom de Carlo, Carlo comme moi, Carlo comme Carlo Felice, à chaque pas, un souffle, une syllabe, Car-lo, Car-lo, Carlo comme le comte de Carmagnole, le marquis de Suse, le duc de Gênes, comme le bien-aimé roi de Sardaigne et de Savoie, de Chypre, de Jérusalem, et de je ne sais quoi encore, Carlo Roi. *Car-lo Re. Car-lo Re.* C'est moi le roi. Ils vont voir. C'est moi le roi.

De nombreux curieux ont convergé sur la place, devant la gare. Une harmonie militaire enchaîne les morceaux. Les musiciens jouent comme des robots. Pas un brin de musicalité. Mais une rigueur mécanique comme l'expression la plus réduite que l'on lit sur leur visage souvent garni de moustache, à l'abri d'une stricte visière. Ils sont encore jeunes. On dirait déjà des vieux. Une dizaine de policiers municipaux assurent le service d'ordre. Impassibles. Bedonnants. Matraque d'apparat noire et laquée à la ceinture. Des journalistes aussi assistent au départ. Carlo Airoldi est arrivé tôt. Il a passé la soirée avec Zotto qui a fait le voyage depuis Milan et qui s'est occupé de la logistique. C'est lui qui a acheté le maillot et cousu sur la poitrine les couleurs de la Veloce, le club milanais de Carlo. Il a aussi complété le paquetage avec un pantalon en toile solide pour le soir et le repos, une chemise ample, des sous-vêtements et aussi deux culottes confortables pour la course qui ne gênent ni la taille, ni l'entrejambe, ni le pivot des genoux. Pour les chaussures, c'est Carlo qui s'est chargé de la préparation. Les chaussures, c'est son domaine. Comme tous les coureurs, il sait que la course se gagne avant tout sur ce terrain-là. Les pieds sont un trésor qu'il faut protéger comme des pièces d'or.

Sur la place Carlo-Felice, Carlo a eu tout le loisir de voir arriver ses concurrents. Giuseppe Patelli, cinquante-neuf ans, venu de Limone Piemonte. Il ne connaîtra que le plaisir d'y retourner dès le lendemain, au terme de la deuxième étape. Carlo Airoldi a souri lorsque l'ancien a esquissé quelques étirements savants pour échauffer sa lourde carcasse, exercice qu'il a rapidement abandonné pour se contenter de sautiller sur place en vidant ses poumons d'une façon très sonore. Il a vu aussi Guido Besso, un géomètre de Biella âgé de trente-deux ans, les Turinois Pietro Camerlo, vingt et un ans, Alfredo Parena, vingt-sept ans, Emilio Pogliano, vingt ans et Giovanni Oggero, vingt-six ans, Angelo Capra, trente-deux ans, de Castagnole, Paolo Tonta, tout juste dix-neuf ans, le benjamin, de Vercelli mais Turinois depuis peu, Camillo Verdoja, vingt-six ans, de Grugliasco. Et bien sûr le français Louis Ortègue, vingt-six ans, comme lui. Un Marseillais. Le grand rival.

Et le départ a été donné. L'élan de tous. Une tension sur les visages. Une vapeur au-dessus des corps. *La grande course.*

Le 8 septembre, l'étape de 71 kilomètres s'étire de Turin à Saluzzo *via* Carignano. À Saluzzo, le jeune Pogliano renonce déjà, de l'acide lactique plein les cuisses et les mollets, les poumons à l'étau.

Le lundi 9 septembre, 73 kilomètres séparent Saluzzo de Limone Piemonte. À l'arrivée, Giuseppe Patelli, le coureur du pays, est accueilli avec force vivats. Mais il flanche. Un autre concurrent abandonne lui aussi.

Le mardi 10, de Limone Piemonte à Vintimille, les 64 kilomètres font deux nouvelles victimes qui renoncent dans le col de Tende.

Le mercredi 11, les coureurs s'élancent jusqu'à Nice en passant par Monte-Carlo. 64 kilomètres. Un coureur fait la course en tête jusqu'au moment où, soudain, il rebrousse chemin comme s'il avait oublié du lait sur le feu à la maison et disparaît dans le lointain. Seuls demeurent alors en lice Airoldi, Camerlo, Ortègue, Parena, Tonta et Verdoja.

Les jours défilent avec les douleurs qui abîment les muscles, les carcasses, les âmes.

Une plaie s'ouvre au pied gauche de Carlo. Le soir, il lui consacre de longs soins avec des onguents épais et gras qu'il applique avec délicatesse pour nettoyer la blessure et pour qu'elle cicatrise.

Quand il a fini, il s'allonge, libère le plus possible ses jambes et son corps de toutes les tensions et il fixe le plafond où des images apparaissent. Il s'étonne souvent lui-même de cette fantaisie dont il est capable mais dont il ne sait rien exploiter ou alors de façon très sommaire. Il voit des paysages, comme ceux traversés un jour, il entend une respiration, il laisse venir jusqu'à son visage celui d'une femme qui n'est pas Gioia. Celle-là semble arriver d'un Orient. Il ne connaît rien de l'Orient. Mais tout indique que cette femme se nourrit de ces origines. Ils s'observent, se frôlent et alors un animal perturbe la scène, un rapace, et maintenant un cerf blanc qui galope le long d'un bois avant de s'y engouffrer soudainement, le souvenir d'une parole du père, la brutalité d'une vache capable d'un coup de sabot et la femme d'Orient s'inquiète de cet univers, elle parle dans une lueur du soir, dans un lieu qu'il croit reconnaître et tout ce monde s'efface peu à peu tandis qu'il s'endort. Le lendemain, quand le visage de cette femme revient dans ses pensées, il dit : La voilà ! Et galope à nouveau le cerf blanc.

Jeudi 12, Nice, Cannes, Fréjus, 71 kilomètres.

Vendredi 13, Fréjus, Toulon, 94 kilomètres.

Samedi 14, Toulon, Aubagne, 40 kilomètres.

Dimanche 15, déjà une semaine de course et de souffrances, Aubagne, Marseille, 17 kilomètres, une promenade.

Lundi 16, Marseille, Aix-en-Provence, Salon-de-Provence, 61 kilomètres. Le bon rythme s'installe.

Mardi 17, Salon, Arles, Tarascon, 58 kilomètres. En franchissant le Rhône, Carlo embrasse le fleuve d'un seul regard et s'émeut, lui qui ne s'encombre guère de sentiments, de ce paysage ample, de cette couleur de boue jaune. Un fleuve de paille, il se dit. Il sent toute une histoire autour de lui, et pour une fois depuis le départ, il éprouve physiquement le passage d'une frontière de façon beaucoup plus évidente qu'aux environs de Vintimille six jours plus tôt. Maintenant, il vit une course pleine, sa foulée est parfaite, il le sait, et ses concurrents aussi.

Mercredi 18, Tarascon, Nîmes, Lunel, 54 kilomètres. À Nîmes, Louis Ortègue arrive en tête et file à la mairie récupérer le prix de 1,50 franc promis au premier de l'étape intermédiaire. Les six coureurs ne se lâchent plus, même si Ortègue et Airoldi imposent une cadence insoutenable aux quatre autres, de plus en plus insupportable pour les organismes.

Les quatre jours suivants, ils foulent les pavés des villes et surtout les mauvais chemins de cailloux et de terre qui relient Lunel à Figueras ; 238 kilomètres pour voir défiler Montpellier, Mèze, Béziers, Narbonne et Perpignan.

Le lundi 23 septembre, c'est le grand jour. Pour les concurrents éreintés, voici l'heure de vérité. Très vite après Figueras, Airoldi et Ortègue prennent le large. L'envoyé spécial de *La Bicicletta* note, bien plus tard, dans l'édition du 8 octobre, la très mauvaise qualité des routes empruntées par les coureurs qui doivent aussi traverser des torrents, se jeter à l'eau, subir des conditions difficiles qui soumettent les corps à de bien rudes épreuves. Le cortège avance avec des distances de plus en plus larges entre le duo de tête et le quatuor qui s'accroche, malgré tout, loin derrière. Carlo Airoldi mène le bal. Il sait maintenant que la course ne peut plus lui échapper. Louis Ortègue a beau le surveiller de près, Carlo a vu dans le regard du Français les petites trahisons du corps et du courage abandonné. Louis Ortègue s'éreinte et à mesure que la ligne d'arrivée approche, il subit le lourd héritage des centaines de kilomètres déjà parcourues. À 30 kilomètres de l'arrivée, il s'effondre. C'est fini. Carlo Airoldi peut s'envoler vers la victoire. Une énergie nouvelle envahit le cœur et les jambes du coureur italien. Derrière, Louis Ortègue est crucifié. Il agonise. Un genou touche terre. Le visage se défait. Il ne sait plus quoi regarder au sol. Des éclairs troublent son regard. Il sombre dans une lumière noire. Tout s'écrit désormais dans la souffrance et le silence de la rupture. Pourtant, et d'abord personne ne comprend ce choix, Carlo Airoldi fait demi-tour et court à la rencontre de Louis Ortègue. Le Marseillais est incrédule lorsqu'il distingue la silhouette massive de Carlo s'approcher de lui, se pencher, poser la main sur son épaule. Quand les deux hommes se retrouvent, ni l'un ni l'autre ne disent un mot, à peine leurs regards se croisent-ils. Airoldi tend les bras à Ortègue et le hisse sur ses épaules. Jusqu'à Barcelone, le poids mort du Français est un supplice supplémentaire mais le bonheur de cette décision enlève les dernières crampes aux mollets de Carlo. Quand la ligne d'arrivée se dessine, il est déjà 20 h 30, le mardi 24 septembre. Un souffle maritime parvient jusqu'aux poumons de Carlo. Il reçoit le génie du pays, l'odeur de sel, d'huile, d'ail et de cuisine, les moiteurs du port dans un lieu dont il ignore tout. Bientôt, tout seul, libéré de l'exploit, il mangera une assiette de riz avec une sauce à la tomate, de l'oignon, une poignée de calamars frits. Autour de lui, dans cet appendice populaire où il se restaure, des yeux étonnés fixeront cet énergumène harassé mais heureux d'avoir cette course en poche et dont il savoure le prix payé. De cette ville bruyante, il partage vite l'enthousiasme et la ferveur. À Barcelone, il découvre une cité vigoureuse et industrieuse, il observe des palmiers sur les places et des navires prêts à appareiller au bout d'un quartier que l'on nomme chinois et pour un peu, il oublierait le poids d'Ortègue sur ses épaules. À quelques mètres de l'arrivée, après 1 026 kilomètres dont il retient quelques vues, des instants fugaces gravés dans la mémoire, une villa ocre et beige sur les hauts de Cannes enveloppée dans un bouquet de plantes exotiques dont il ignore que ce sont des phénix, des arbousiers, des camphriers, des asphodèles, des euphorbes et des oléandres. Et aussi une fontaine généreuse à Aix, des *toros* noir jais, tendus vers la cible qui court, isolés dans un long marais vert et rose où poussent la fleur de sel et les tamaris abondants entre Gallician et Franquevaux et aussi la haute cathédrale de

Narbonne dans un ciel d'encre qui annonçait un orage imminent qui ne vint pas.

À Barcelone, il dépose Ortègue avec précaution. Ensemble, la main dans la main, les voici maintenant en marche vers le beau finale. Airoldi passe la ligne en tête. Ortègue est deuxième. Paolo Tonta arrive une heure plus tard. Les trois autres s'effondrent, épuisés, entre trois et quatre heures après la victoire de Carlo.

De Turin à Barcelone, Carlo a couru pendant trois cent quatre-vingt-dix-sept heures.

L'envoyé spécial de *La Bicicletta* retient le nom de Carlo et parle avec lui dans la confusion de l'ambiance festive qu'a imaginée la ville de Barcelone. Un élu remet 500 pesetas au vainqueur qui partage avec Ortègue les 300 lires offertes par le comité organisateur turinois des Pionniers de la paix. La ville de Turin offre une médaille d'or à Carlo Airoldi. Près du port où la marine italienne célèbre le vainqueur, la foule des curieux s'agglutine, les clubs sportifs locaux applaudissent le succès populaire de cette course d'exception. Et la presse s'active en quête du détail croustillant, du fait d'armes, de la bonne anecdote, de la déclaration pimentée.

7.

SPIRIDON ET LES FÉTICHISTES

Le vendredi 24 avril 1896, tout juste rentré d'Athènes, Carlo Airoldi se rend à la rédaction de *La Bicicletta* à Milan.

Le samedi 25 avril, le journal publie un article dans lequel il est indiqué :

> Hier matin, Carlo Airoldi, de retour de Grèce, nous a gentiment rendu visite. Il était en excellente forme quoique fort mortifié d'avoir fait pour rien le voyage de Milan à Athènes. Mais il ne manquait pas d'enthousiasme pour décrire l'accueil qu'il a reçu à Athènes... de la part des Italiens. Avec un récit haut en couleur, il a évoqué pour nous le fanatisme dont les Grecs ont entouré leur champion. Cet engouement excessif et indécent confinait selon lui à un véritable fétichisme pour Spiridon Louis. Carlo Airoldi a également indiqué vouloir reprendre l'entraînement pour battre le record du champion olympique, exactement 40 kilomètres en deux heures et cinquante-huit minutes, sachant que chez lui, sur le territoire de la mère patrie, il saura trouver les ressources et l'assistance nécessaires pour

accomplir un tel exploit. Cette tentative aura lieu en mai, sous le contrôle étroit et le patronage amical de *La Bicicletta*.

Le 25 avril, lisant l'article, Carlo Airoldi trouve une nouvelle motivation. Une fulgurance dont il ignore le ressort gonfle ses muscles et soudain, devant tout ce monde qui ne peut deviner l'élan, ses membres vivent l'étrange tentation du mouvement. Il ressent l'envie de se mettre à courir en ville et la nécessité de contenir cet engagement brutal du corps lui procure une immense satisfaction. Il est seul à pouvoir dire cette intimité et cela suffit à combler le sentiment d'une puissance retrouvée. Cette folie du corps tout entier. Comme avec Gioia quand elle l'attend, en cheveux, quand elle le regarde d'une façon qui promet, d'accord, on y va, viens, regarde-moi ça en lui prenant le membre, quand elle le pousse sans ménagement vers le lit où ils s'écroulent et où ils se font des choses sans retenue, là où ils savent, comment ils savent, et ils courent dans leur vent, la *bora* des haleines, le mal aux muscles et les tensions et les bouches sèches de trop se manger.

Maintenant, le défi d'un nouveau marathon est lancé, le journal l'a annoncé. Carlo est dans un recommencement. Une ère toute neuve. La revanche. Son futur se dresse comme l'ombre portée de son corps se lèverait peu à peu, témoignant à la terre entière ce que ce galbe et cette âme contiennent de vertus. Il veut avaler toute la gloire à venir, vomir tous les échecs du passé, être un homme nouveau, un tesson de verre, une braise, encore. Carlo Airoldi brûle déjà d'être au matin de la course. Il s'étouffe de vigueur comme un étalon nerveux, sûr de sa domination et des violentes hormones, mordrait le chanfrein et le garrot et le jarret d'un rival. Mais dans le même instant, très curieusement, c'est ce qu'il formule en bredouillant une onomatopée à peine audible, il éprouve un fort tourment, et même une déception, en voyant son image dans le reflet de la vitrine d'un magasin d'habillement très chic. Il marche dans la galerie Victor-Emmanuel-II, tête en l'air, cherchant sans raison particulière des détails au carrefour des deux hautes allées, devinant aux frontispices les scènes des continents peintes loin des yeux, fixant la grande coupole de verre et d'acier. Au sol, il découvre qu'il a posé ses pieds sur les testicules du taureau cabré, sexe érigé, que représente une mosaïque dans les tons bleus et jaunes. S'approchant à nouveau de la vitrine et des beaux habits, il voit des mannequins sans tête, des chapeaux hauts de forme et aussi des chapeaux melon posés à même le buste – il glisse son reflet sous l'un d'eux, s'observe un instant et quitte ce lieu de la mode et du bon goût bourgeois où il est étranger – et il croit reconnaître quelques personnages anonymes d'Athènes, ceux-là mêmes qui grouillaient autour du roi Georges Ier lorsque Spiridon Louis reçut la coupe d'argent des mains de M. Bréal.

Carlo Airoldi songe alors à ce pope grec dont on rapportait, là-bas, dans ce maudit pays, qu'il aurait méchamment pris par la nuque le Français Albin Lermusiaux, comme une chienne courroucée son chiot, pour avoir osé traverser Maroussi, le village natal de Spiridon Louis, avant le champion grec. Le jeudi 30 avril 1896, *La Bicicletta* rapporte, en les édulcorant, les propos de Carlo Airoldi au sujet du pope agresseur de Lermusiaux. *Beh, se l'aveva de fa cont mi, ghe insegnavi mi la religion,* déclare le coureur dans un élan colérique et dialectal.

S'il m'avait fait ça ce maudit pope, je lui aurais causé religion, moi, je lui aurais dit où il pouvait se le foutre son Dieu, ah ça oui, putain de pope grec qui puait dans sa barbe et qui suait comme un ours dans sa robe noire toute poussiéreuse. Il aurait compris de quel bois on se chauffe à Origgio. Il ne doit même pas savoir où c'est Origgio, ce salaud de pope.

Des histoires, beaucoup d'autres, ont circulé sur le compte de Spiridon. Après sa victoire, la communauté grecque vivant en Angleterre lui aurait acheté un champ. Une dame de Smyrne lui aurait offert une chaîne en or. Et même, le monopole de l'approvisionnement en eau de la capitale grecque lui aurait été confié depuis les sources de Maroussi. Il s'est dit encore que le milliardaire Georges Averoff avait promis un million de drachmes au Grec qui serait vainqueur ; qu'un certain Dr Teoflaxos – d'où sortait-il celui-là ? – lui avait réservé des barriques de vin millésimées ; qu'un chocolatier lui aurait offert une tonne de chocolat – une tonne ?! Je sais ce qu'est un kilo de chocolat, alors une tonne – ; qu'un boulanger lui livrerait du pain toute sa vie. Il s'est dit qu'en plus de tous ces cadeaux, Spiridon Luis s'était vu offrir un cheval et une charrette de la part du roi Georges Ier et même une femme à épouser. Toujours cette question de l'étrange mariée. Comme si une femme n'était qu'un cheval, une charrette, une tonne de chocolat, des barriques de vin millésimées. Il s'est dit que Georges Averoff, le mécène des Jeux d'Athènes, aurait donné la main de sa fille à Spiridon Louis mais que celui-ci l'aurait refusée. Il s'est dit aussi qu'une riche Américaine aurait promis d'épouser le vainqueur du Marathon avant de finalement changer d'avis après la course.

Spiridon Louis a renoncé à toutes ces femmes et à leurs apparitions insensées dans le discours des hommes. Mais il aurait accepté la charrette et le cheval.

Il s'est dit tellement de choses. Et toute cette broussaille d'approximations a beaucoup navré Carlo qui songe maintenant, dans les rues d'Athènes où il marche sans but, à ses pauvres lires et à ses misérables pesetas gagnées à son arrivée à Barcelone. Elles ont tout gâché. Si j'avais su... Les Grecs ont tout fait pour qu'elles empêchent la fête promise. Tout ça m'écœure, ils m'ont poignardé le ventre, les reins, la gorge. Salauds de Grecs. Et aujourd'hui, ils couvrent Spiridon de présents. Est-ce qu'on les lui reprochera quand il voudra courir à nouveau le marathon lors des prochains Jeux ? Considérera-t-on qu'il demeure toujours amateur ou bien professionnel, professionnel sonnant et trébuchant ? Je sais : cela récompense la course et cela ne la précède pas. Je sais, je sais, je sais. On ne m'oppose que cet argument. Mais c'est de l'argent. Je n'arrête pas de ressasser tout ça. On me reproche cette attitude bornée. Je sais, je sais, je sais. Mais que voulez-vous, cette injustice me troue le cerveau comme le ferait une chignole. On dit aussi que Spiridon s'est arrêté boire un verre de vin rouge pendant la course. Est-ce bien normal ? Est-ce la seule aide qui lui a été apportée ? Je me demande. Tout ça pue les arrangements et la combine. On dit aussi qu'il a passé la nuit d'avant la course en prière et en jeûne devant une bougie. Une oraison pour se préparer. Comme si c'était ça qui fait gagner les courses. Mais je m'en contrefiche. Il peut prier tant qu'il veut. Ces légendes m'exaspèrent. Bientôt, on nous expliquera qu'il marche sur l'eau, qu'il est le meilleur coureur du monde, tu parles.

C'était moi le meilleur.

Le seul stade où la foule retrouvera Spiridon Louis, ce sera en 1936, à Berlin. À soixante-trois ans, on ne l'a plus jamais vu courir et encore moins disputer une épreuve officielle. Ce jour-là, dans la capitale allemande, il conduit la délégation grecque et porte le drapeau ainsi que la flamme olympique. À Hitler, il remet le rameau de la paix : des branches d'olivier que le pâtre d'autrefois a lui-même ramassées. Quatre ans plus tard, Spiridon Louis ne voit pas l'invasion allemande en Grèce. Il est mort quelques mois plus tôt. Comme Albin Lermusiaux, né en 1874 à Noisy-le-Sec, emportant le souvenir de ce jour merveilleux où il disputa le marathon d'Athènes.

Quittant maintenant la Galerie milanaise et découvrant la façade du Teatro alla Scala où un employé aux yeux chassieux et au dos voûté installe l'affiche de l'opéra *Andrea Chénier* d'Umberto Giordano et un cartel qui annonce le prolongement pour deux semaines encore de *Carmen* de Georges Bizet, Carlo imagine plusieurs scénarios où lui-même aurait ainsi été agressé par le prêtre et où il aurait réagi, tantôt avec noblesse, tantôt avec violence. Un coup de couteau dans le ventre. Tiens, prends ça dans les tripes, maudit curé. Une réplique de théâtre, une main levée, l'autre posée sur la hanche. Alors ses tempes battent fort, de ce sang terrible qui le parcourt, puis il se calme et un détail de la rue milanaise, le regard hautain d'un inconnu pour une scène sans importance, le révolte à nouveau. Et l'inconnu dédaigneux ignorera pour toujours que son air boudeur de bourgeois posé sur les chaussures d'une marchande de rue, a insupporté au plus haut degré un homme en face de lui, un homme robuste qui a interprété cette vilaine condescendance du regard sur les savates de la femme comme le pire des mépris. Envers elle. Envers le petit peuple tout entier. Envers lui, bien sûr, l'homme blessé, le perdant d'Athènes.

La volonté de battre encore des records, de vivre cent nouvelles péripéties, de courir jusqu'aux limites, irrigue toutes les alcôves de sa musculature privée de la gloire des Jeux.

La date du 31 mai 1896 est arrêtée.

Ce sera le jour de l'exploit, de la revanche après les deux heures cinquante-huit minutes et cinquante secondes nécessaires pour accomplir les 40 kilomètres de Marathon à Athènes. Ce sera l'occasion d'offrir à Carlo Airoldi une coupe d'argent, moins précieuse que celle que M. Bréal remit à Spiridon Louis dans le stade Panathénaïque. Mais une coupe d'argent, quand même.

Le lundi 18 mai 1896, *La Bicicletta* annonce aussi que deux amis de Carlo Airoldi, Oreste Pozzi et Amilcare

Macchi, passeront autour de son cou des médailles qu'ils ont gagnées un jour dans une course. Ce sera leur hommage. Quelle drôle d'idée, s'étonne-t-on à *La Bicicletta*. Ah ! Et alors ? s'exclament des centaines et des centaines de lecteurs qui tombent ce jour-là sur l'information. Où sont-ils allés chercher ça ? Se demande Carlo Airoldi en relisant une énième fois l'article qui lui est consacré. D'où ils sortent ces médailles, les deux ? Ils ne m'en ont même pas parlé. Boh.

Oreste Pozzi et Amilcare Macchi sont des coureurs de la même génération que Carlo. Ils l'apprécient pour sa bravoure et son courage hors du commun. Carlo Airoldi aime les fréquenter pour évoquer les épreuves vécues comme des épopées. Avec eux, Carlo Airoldi se sent respecté. Avec lui, Oreste Pozzi et Amilcare Macchi qui n'affichent aucun palmarès significatif ont la belle impression de partager les podiums de leur champion. Un peu de sa gloire les nimbe. Ensemble, ils développent des foulées où Carlo impose de la force. Carlo aime infliger cette difficulté aux deux autres aux jambes fuselées qui absorbent les kilomètres comme de vrais coureurs de fond. Carlo se moque de cette qualité parfaitement étrangère à son style. D'ailleurs, il n'a pas de style. Ses bras arrachent loin devant le buste des masses d'air pour propulser son volume vers l'avenir. Ses cuisses poussent avec ses mollets et ses reins. Les genoux montent haut même si la fin des courses ressemble souvent à une hypnose de tout le corps qui bientôt se liquéfiera, se contractera et s'effondrera d'avoir été trop sollicité. Il arrache, conquiert, perfore le vide devant lui. C'est tout. Sa réussite doit tout à la volonté et à la douleur consentie. L'amitié des trois hommes s'est cimentée au fil des entraînements. Oreste Pozzi et Amilcare Macchi sont des compagnons que la vie a soudés à Carlo Airoldi et que la vie détachera de lui sans d'autres raisons que celui des destins, blancs un jour, gris, noirs le lendemain.

Pour l'heure, il faut s'entraîner, courir, encore, encore, pour battre le record de ce maudit Spiridon.

Les pluies du printemps n'aident pas Carlo. Elles le réduisent. Elles s'immiscent entre le maillot et la toison crépue de la poitrine. Les gouttes glissent et se perdent jusqu'au moment où Carlo les écrase en essuyant son torse, sa nuque et ses fesses, du plat et du revers de la main qui sert aussi à se moucher sans mouchoir. Chaque matin, il engloutit dix, douze, quinze kilomètres sans broncher avec des moyennes affolantes. Les averses le meurtrissent, l'amenuisent comme un savon trop sollicité. Mais il ne se plaint jamais. Parfois, Oreste et Amilcare lisent sur son visage un tourment qui les effraie. Une violence même. Le rictus d'un assassin.

8.

CARLO EST UN ORAGE

Le 26 juillet 1896, Carlo Airoldi reprend du service. La revanche d'Athènes est morte. Elle n'aura jamais lieu. On l'a oubliée. Personne ne saurait dire comment. Elle s'est évanouie, comme un brouillard d'été. Carlo lui-même, qui pourtant ne renonce jamais, a laissé filer la querelle qu'il n'entretenait qu'avec lui. Sa main a lâché prise. Le corps a glissé le long de la paroi. Maintenant, il tombe. Les membres se disloquent dans les airs. Le pantin se désarticule. Il dévisse. Carlo s'en va dans un rêve, ectoplasme de chair, d'os et de cette matière informe où s'invitent l'intelligence et la volonté des hommes. L'histoire qui n'a pas eu lieu le regarde sombrer, elle ricane. La chute dure trente-trois ans. Jusqu'à la fin.

Pendant cet été-là de 1896, une course pédestre internationale organisée par la société Force et Courage propose une boucle de Lugano à Lugano en passant par Melide. 11 kilomètres. Une formalité pour Carlo. Mais son esprit est ailleurs. Le vilain souvenir d'Athènes a souillé son désir. Carlo rompt. Le Milanais Luigi Lualdi franchit la ligne d'arrivée en tête avec un temps de quarante-sept minutes qui n'appelle aucun commentaire de la part de Carlo, sinon une moue de dédain, comme si la course ne méritait même pas ce genre de vainqueur, ni même un vainqueur d'ailleurs. Je ne gagne pas mais ce n'est pas important, ce qui l'est c'est ce que j'ai fait avec ce gamin, on m'a dit qu'il était de Milan, qu'il avait douze ans et qu'il s'appelait Luigi Lonardini. À quelques mètres de l'arrivée, Carlo s'engageait déjà pour aller chercher une troisième place. Mais il gronde soudain, dans la caverne préhistorique de sa poitrine : cette place je m'en moque, je ne cherche pas une place ici, une troisième place en plus... dans cette course de maçons et de plâtriers, tu parles, je vais courir le marathon encore, je ne sais ni où, ni quand, ni comment, et ce gosse – Carlo s'était arrêté pour laisser passer le *giovanotto* –, vas-y petit, passe devant moi, je m'en fous de cette mascarade, je veux un marathon, *stronzo, porco* Spiridon, *farabutto*, connard, *cornuto*, crève avec ton roi, ton prince et tous ces types qui m'ont empêché. Pisse du sang par les yeux. Pisse du sang par où tu veux, Spiridon.

Maintenant, un temps est passé. Tout s'enfuit au galop, comme ce cheval vif de son enfance, dans ce pré où Carlo s'était enivré de joie et de folie mettant muscles et flux sanguin au défi dans une pagaille affective sans nom. Maintenant, de nouveaux challengers apparaissent. Comme Arrigo Gamba, né en 1878 à Lecco. Gamba a dix-huit ans. Il tient une licence au Club pédestre de Milan. Ce sera le grand successeur de Bargossi. Carlo fulmine chaque fois qu'il l'aperçoit. Tout se lit sur le visage de Carlo. Et tous voient les traits qui se tendent et tous lisent dans ses yeux haineux et cela donne une faiblesse à Carlo. Il m'emmerde ce Gamba, il m'emmerde... ils m'emmerdent tous ces types, ces Gamba, ces Spiridon, ils vont voir.

Et ils voient.

Carlo Airoldi lance cent défis par jour à Arrigo Gamba. Il le déteste. Cette hostilité le ronge. La colère est mauvaise sœur. Elle pille les forces positives, elle étrangle la volonté, elle raidit les muscles comme une bourrasque aurait soudain étarqué une voile. Les occasions de course nourrissent autant de ruminations délétères. Carlo se creuse à l'intérieur, il s'abîme en lui-même. Les deux hommes s'évitent mais les regards parlent haut et fort. Celui de Carlo est un typhon. Il fulmine, ses forces se perdent en guerres inutiles. Et c'est parfois le drame. Les 5 et 6 juin 1897, les deux hommes se retrouvent sur la ligne de départ. La course propose une boucle de Milan à Milan en passant par Cernobbio et Punta Villa Pizzo. Arrigo Gamba passe la ligne le premier après neuf heures treize minutes de course. Il bat le précédent record de Redaelli en 1892 qui avait mis douze heures. Carlo doit abandonner 30 kilomètres avant la ligne. Cet échec le ravage. Il sonne un glas. Carlo Airoldi se fait rare maintenant, il rôde quand les courses viennent mais il évite de participer, son mépris est considérable quand il toise les concurrents, il a un avis sur tous, il parle trop, il lasse ses proches et ses plus fidèles amis, Gioia a fermé sa porte, elle est fatiguée, elle ne le reconnaît plus, il ressasse, rabâche, il s'engourdit dans une vieillesse de l'esprit et un jour, Carlo disparaît. On dit maintenant qu'il est parti au Brésil par un paquebot qui a appareillé à Gênes pour filer à travers l'Atlantique jusqu'à Rio, qu'il organise des courses à Florianópolis, qu'à Rio il a imaginé une épreuve de force inédite consistant à transporter sur 100 mètres un sac de 450 kilogrammes, une folie supplémentaire, qu'il défie toujours des chevaux dans des courses longues et que cela impressionne beaucoup ce public exotique, qu'il partage aussi des cafés et des apéritifs amers à la terrasse du Trieste, un bar où se retrouvent les Italiens de la diaspora. Beaucoup de Frioulans à qui Carlo vante les mérites et les vertus de sa mère. Une de ces Frioulanes comme on ne les faisait déjà plus depuis longtemps. Sa chère 'Nunziata.

De retour au pays en 1902, installé en Suisse où désormais il organise des courses de vélo, sans beaucoup d'intérêt, il faut bien le reconnaître, mais en engageant toute son énergie dans cette affaire parfaitement calamiteuse, Carlo rumine encore cet incident, le nom détesté de ce Gamba, de tous ces merdeux qui ne lui arrivèrent jamais à la cheville et bien sûr d'Athènes et de tous ces maudits Grecs. De Spiridon, l'imposteur. Tous ces sales magouilleurs. Tous ces salopards. Il évoque ces épisodes avec une hargne sourde qui étonne ses interlocuteurs. Carlo remâche le micmac atrabilaire, maladivement. Il a la mine du matou contrarié qui aurait bu du vinaigre. Son haleine et sa peau témoignent de désordres hépatiques. Les autres ne cherchent pas d'explications où la quête de nuance pourrait endiabler davantage la fureur de Carlo. Ils laissent faire, écoutent sans broncher, sinon en manifestant des bruits de gorge et de langue qui ne les empêtrent pas dans une quelconque ambiguïté que Carlo, très susceptible sur la question, interpréterait mal, c'est certain. Carlo vit ainsi. Il a toujours vécu avec le courroux du Turc, ennemi féroce du giaour.

Il y a un temps pour tuer et un temps pour guérir, il est écrit dans la Bible. Pourquoi la Bible me revient-elle à présent que tout va s'achever et que pas plus elle que ses colporteurs dans notre vallée de larmes ne m'auront épaulé pendant tout ce trajet sur terre ? Je pense à l'Ecclésiaste *parce que je me souviens du* Dottore *Ferruccio Materrassi qui ne citait guère la Bible mais qui aimait se référer à ce texte, nous répétant inlassablement, "les enfants, n'oubliez jamais que vanité des vanités, tout est vanité, sachez que rien n'a de sens sur cette terre et que pour cette raison, il vous faudra toujours vous tenir droit dans la vie. Rien ni personne ne le fera à votre place et sans maintien vous ploierez lamentablement. L'histoire est écrite depuis longtemps, elle est consommée, mais le style, les enfants, c'est vous qui lui donnerez toute sa dimension et c'est le style qui fera de vous des hommes de tenue et d'exception".*

Qu'ai-je retenu de cette leçon tout au long de ma vie ? Trop peu, certainement. Cela m'a valu de larges déconvenues. C'est ainsi. Il est trop tard pour gémir. D'ailleurs, je n'ai jamais gémi. J'ai maugréé, ça oui. J'ai pesté, j'ai hurlé, j'ai insulté le divin. Mais je n'ai pas gémi.

Le Dottore *Materrassi disait aussi que les êtres et les lieux rassemblent un bonheur qui leur est propre, il parlait de grande musique, trouvait Monteverdi incomparable et citait Tite-Live et nous ne comprenions pas :* Vestigium alieno viri. *L'homme n'est que la trace d'un autre.*

Qui était cet autre dont j'ai voulu embrasser chacune des empreintes qui s'effaçaient à mesure que je m'enivrais de cette archi-trace ?

Qui était-il, ce coureur ? Cet autre coureur que moi ? Cette ombre de coureur à mes côtés ?

Courir. Courir. Courir.

Toujours courir.

9.

CHI È LEI ?

Tous premiers jours de 1896. Dans l'hiver solide et brumeux de Lombardie.

À force d'hésitation et d'élan – le temps passait et il fallait *y aller* ou bien renoncer –, Carlo se décida un jour à pousser la porte de la rédaction de *La Bicicletta*. Athènes l'attendait. Et le marathon. Et la gloire. Il était annoncé au journal et son arrivée provoqua beaucoup de curiosité auprès des rédacteurs. Le lendemain de la visite, un article détaillait la conversation et les raisons qui avaient poussé Carlo à solliciter le journal.

"Nous venons de recevoir la visite d'un jeune homme petit, massif et fort trapu", note le reporter. La conversation s'engage : "*Chi è lei ?*"

— Qui êtes-vous ?

— Je suis Carlo Airoldi, le vainqueur de la grande course pédestre Turin-Barcelone.

On ne sait pas si le journaliste observe Carlo avec intérêt ou moquerie, mais à ses lecteurs, il indique : "Je regardais le jeune homme avec étonnement tellement sa morphologie ne correspondait en rien à celle d'un coureur et à celle que les Antiques représentaient. Ses jambes étaient plus courtes que la normale." Ses cuisses s'enrobaient de muscles. Ses mollets disputaient de la rondeur aux melons. Son torse mesurait cent quarante centimètres et ses biceps, quarante-cinq. Rien du coureur aiguisé comme une lame. Plutôt le galbe d'un lutteur de foire.

— Et que souhaitez-vous ? poursuit le reporter.

— Voilà... Je voudrais me rendre aux Jeux olympiques d'Athènes où doit se disputer une grande course pédestre...

— Très intéressant...

— Et je veux y aller à pied, en passant par l'Autriche, la Turquie, la Grèce, s'emballe Carlo.

— Très audacieux.

— Il y a environ 2 000 kilomètres que je compte couvrir en un mois.

— Mais connaissez-vous au moins la route et les langues que vous rencontrerez sur le parcours ?

— Non. Je parle à peine le milanais...

Le journaliste est interloqué. Il écrit : "Je regardais le visage de mon interlocuteur et je mesurais à présent toute la force et la volonté et la témérité sans limite que je lisais dans son expression."

— Et *La Bicicletta*, en quoi pourrait-elle vous être utile ?

— À m'aider à accomplir ce long parcours en participant aux dépenses les plus nécessaires. En échange, je vous enverrai des nouvelles sur les aventures qui m'arriveront pendant le voyage.

— C'est d'accord. Quand comptez-vous partir ?

— Demain s'il le faut. Je suis toujours prêt.

— Et vous êtes sûr d'y arriver ?

— Pas de doute que j'accomplirai ce qui est en mon possible et même ce qui est parfaitement impossible. Pour un voyage aussi long, et avec une moyenne d'environ 70 kilomètres par jour, bien sûr, les moments de découragement ne manqueront pas. Mais je saurai endurer ces difficultés et je saurai résister. Je suis prêt je vous dis. Je cours depuis toujours. Mon corps n'attend que ça. Je pense à cette épreuve depuis des années, avant même que j'apprenne tout d'elle et que des organisateurs songent à des Jeux olympiques. Vous verrez, j'atteindrai mon objectif.

Le départ est fixé le 28 février 1896. À 16 heures. Ce jour-là, avant de partir, Carlo effectue un échauffement de 5 kilomètres sur la piste où le Comité de l'exposition cycliste fait événement. Le Dr Favari examine Carlo à l'issue de cette mise en jambes et le déclare apte à l'aventure. C'est le départ. À Trieste, des effets ont été envoyés. Pour l'heure, équipé par *La Bicicletta* et le Comité, Carlo Airoldi prend son élan. Il porte un béret de marin bleu et blanc, des sandales en cuir abondamment passées au cirage pour les assouplir, des chaussettes en coton achetées à Milan, une culotte de sport qui couvre ses jambes jusqu'au genou, un maillot estampillé de la Pro Italia sous une veste et dans un sac en bandoulière, son passeport, un peu d'argent, un vadémécum, deux mouchoirs et deux autres paires de chaussettes.

Son père est venu le saluer. Il l'étreint une dernière fois, ne trouve pas les mots, ce bruit, cette foule, cette exposition de son fils l'encombrent, le perturbent, jamais dans sa vie il n'a dû affronter une telle situation où il est soudain incapable de savoir quoi faire, quoi dire, il glisse un couteau dans la main de Carlo avec quelques billets supplémentaires. Dans la foule, Carlo aperçoit Gioia. Deux nuits auparavant, Carlo a frappé à son volet et poussé la porte qui était ouverte. Pendant l'amour, Gioia était absente. Carlo lui-même n'était pas à sa tâche. Ils avaient peu parlé et le matin, quand Carlo s'était éclipsé – comme son père à l'instant – il n'avait pas su la rassurer, dire à bientôt, se draper dans l'habit de l'aventurier, sinon dans celui de l'homme qui fuit. Dans la foule, Gioia le fixe comme si la fin d'un monde s'annonçait. Elle ne semble ni triste ni angoissée, simplement perdue, elle comprend peut-être que Carlo, cette fois, s'en va sans retour envisageable, un retour intact, elle se dit, elle devine, elle sait et à ce regard, Carlo n'a rien d'autre à offrir qu'un silence, un sourire très peu expressif, comme une absence. Il aurait préféré qu'elle ne vînt pas.

Maintenant, une agitation indique le départ imminent. Un homme parle haut et fort. Le brouhaha couvre ses mots. Il a de grosses moustaches, un costume clair, un feutre noir et une cravate mauve. Un coup de feu et Carlo s'envole. Les premières foulées s'accomplissent comme dans un rêve. Il ne touche plus le sol. Il flotte à la manière éthérée d'un démiurge qui aurait lui-même donné forme aux éléments qui l'accueillent maintenant. Il court et ne voit pas la foule s'éloigner dans son dos. Il regarde droit devant. Il fait froid mais rien ne l'atteint. Quelques coureurs l'accompagnent parmi lesquels Alfredo Nera et Guido Gatti sont le duo le plus célèbre. Quelques maigres kilomètres plus loin, à Crescenzano, près du centre, Nera et Gatti encadrent toujours Carlo, mais le gros du peloton s'est dissipé dans les faubourgs après un dernier salut à Carlo. Maintenant, le duo s'arrête brutalement, les deux hommes font des signes de la main, encouragent Carlo. *Forza Carlo, Forza. Ti aspetta Atene. Auguri, auguri.* Carlo est seul. Son souffle est ample. Il se dit qu'il est fait pour cette épreuve, que lui aussi peut faire la locomotive, qu'il est en acier. Que sa bonne fortune l'accompagne. Demain, il sera un autre. La saison n'invite pas aux travaux dans les champs mais des curieux, intrigués, incrédules, le regardent passer depuis le bord de la chaussée martyrisée par le gel et la neige de la nuit qui fond au soleil du jour pâle. À Gorgonzola, il arrive sans encombre après un apéritif de 25 kilomètres et malgré des routes extrêmement chaotiques qui sanctionnent déjà ses articulations et sollicitent ses muscles que le froid endolorit. La nuit est tombée.

Le lendemain matin, il repart à 5 heures et atteint Brescia douze heures plus tard, "frais comme une rose" indique-t-il par bravade, en dépit de 75 sévères kilomètres où il double Caravaggio, Romano di Lombardia, toute une série de petits pays où les chiens aboient, où les hommes mettent les mains sur les hanches et relèvent leur chapeau à son passage et même où une femme hispide se signe. Longtemps son souvenir demeure en lui. Cette femme est un signal. Un augure. Mais lequel ? Il trouve du repos à l'Auberge du Coq.

Le jour suivant, Carlo file vers Vérone. 70 kilomètres. Il tient un rythme. C'est sa distance. Il retrouve des sensations musculaires qu'il a bien connues en courant de Turin jusqu'à Barcelone. Le voici près du lac de Garde qu'il tangente. Halte d'une demi-heure à Peschiera, à l'auberge Braccone où il est l'invité d'un reporter de *La Bicicletta*. Viande de veau et haricots blancs. Abondance d'eau et un fond de vin rouge. C'est Byzance à table.

À Vérone, à l'issue d'un trajet de 50 kilomètres sous la pluie glacée et dans la boue, Carlo fait son apparition sous les vivats des licenciés du Veloce Club, du président Giulio Alberghini. Le soir, repas très festif. Carlo boit un verre de vin blanc, mange frugalement, salue tout le monde avec chaleur et court se jeter dans un lit trop mou après avoir pris soin de ses pieds et lavé sommairement son corps. Viennent ensuite Portogruaro et enfin Trieste. La pluie ne le quitte plus. C'est elle son ennemie. Elle ravine son visage, fouette sa poitrine, coupe son souffle. Mais Carlo ne se plaint pas. Il écrit à plusieurs reprises à *La Bicicletta*, persuadé que tout le monde l'accompagne en pensée dans son périple et que le fait de lire ses exploits dans le journal construit déjà une grande estime. Le 6 mars, il écrit depuis Trieste. "J'y suis arrivé hier soir et je ne partirai que demain pour Fiume où je devrai m'arrêter au consulat pour les formalités et mon passeport." Avant d'arriver à Trieste, il a longé la mer depuis Sistiana. Il est passé à Duino. Il a bien vu un château qui surplombait les eaux. Une tour et un donjon massif qui s'inscrivent avec force dans un ciel crayeux et catarrheux. Mais il ne saura jamais rien de Rainer Maria Rilke et encore moins de la princesse Marie zu Hohenlohe-Waldenburg-Schillingsfürst von Thurn und Taxis, amie et mécène du poète. La poésie n'aide pas à construire une légende de coureur à pied. La poésie, Carlo s'en moque. C'est de la viande flasque. Une belle couillonnade pour les riches.

10.

FIUME

Dans son édition du mercredi 10 mars, *La Bicicletta,* publie un long reportage signé par l'un de ses correspondants à Fiume, un certain Gieffe. Un type jovial et charnu. Jeune mais déjà encombré par un ventre, une gorge grasse et une nuque de taurillon. Il transpire beaucoup. Même en hiver. Il écrit le 8 mars, indique que Carlo Airoldi est arrivé la veille aux alentours de 19 h 30, en provenance de Kozina. 58 kilomètres assez monotones dans un paysage dont les habitants ont, pour la plupart, conservé l'habitude de la toponymie. Ici, pas d'italien, pas d'Italie mais Povžane, Markovščina, Obrov, Podgrad, Pasjak. Matulji, et la mer enfin en ligne de mire et les derniers kilomètres avant d'atteindre les premières ouches de Fiume, les premières demeures avant la ville forte, imposante, son centre grandiloquent, son château qui domine la baie, son port inamical à force d'industrie, de bruits cacophoniques où la ferraille le dispute à l'acier et à la pierre des quais.

L'article s'intitule très sobrement : “L'arrivée d'Airoldi à Fiume”.

Fiume se nomme encore en italien. Un jour, la ville prendra le nom croate de Rijeka. On y parle une forme de vénitien que Carlo ne comprend qu'à moitié. C'est un drôle de sabir où *la langue* s'invente de singuliers contours et d'étranges panoramas. La ville est aussi riche de Croates et de Hongrois, et d'autres encore qu'il n'identifie pas et qui brassent une culture tout extravagante. Fiume, c'est un melting-pot comme le monde en a encore le goût, la capacité et l'illusion. Carlo en a pris conscience très vite, même si cette vertu invitait moins au constat scientifique, sociologique, politique qu'elle ne tenait lieu d'évidence. À Fiume, comme ailleurs, d'autres époques viendront, plus radicales, nourries par la détestation de l'autre. Les tensions s'en abreuveront. Le temps passera loin de cette expérience où Carlo connut une forme de simplicité et d'adéquation entre les lieux et les hommes. Après la Grande Guerre et l'éclatement de l'Empire austro-hongrois, la ville fera l'objet de revendications multiples. À l'apogée des tensions entre le tout récent royaume des Serbes, Croates et Slovène et l'Italie, les puissances alliées prendront position en faveur de la création d'un État tampon indépendant. C'est ce que suggérera le président des États-Unis d'Amérique Woodrow Wilson, imaginant même que la ville-État pourrait éventuellement accueillir le siège de la Société des Nations.

Toute cette crise de première ampleur, Carlo la lira dans les journaux, très vaguement intéressé par les subtilités diplomatiques, plus concerné par les impressions d'un paysage urbain et les visages qu'il reverra à la façon d'un flash et une rue, un pont, le port, un bar, une auberge.

En septembre 1919, quand le poète Gabriele D'Annunzio entrera dans Fiume à la tête d'une colonne d'anciens *arditi* à chéchia noire, de déserteurs de tous poils, de têtes brûlées, de dingues et de soldats ralliés à sa cause, Carlo ne comprendra pas très bien où ces funestes miscellanées politiques vont conduire le pays et encore moins quelle lubie a envoûté cet énergumène dont il n'a évidemment jamais lu le moindre livre et dont il a appris la réputation sulfureuse par bribes et rumeurs colportées. Carlo ne comprendra rien à ce chaos, à ce dérèglement des âmes où il est question de futuristes, dadaïstes, monarchistes, anarchistes, révolutionnaires, artistes et aventuriers en tout genre et où se pratiquent dans une ambiance de proto-fascisme délirant les joies des défilés militaires virils, la libération sexuelle, l'expérience naturiste à grande échelle, la consommation de narcotiques. Il pensera : ce type, ce 'Nunzio, est cinglé et tous ceux qu'il a entraînés là-bas le sont aussi. Il songera à *l'abîme* mais ne verbalisera jamais cette idée qu'il ne saura nommer autrement que par un haussement d'épaules. Dans son corps, plus que dans son esprit, une alerte s'invitera. Il envisagera une chute, plus grave encore que les quatre années qui viennent de provoquer autant de deuils et de misère et de tragédies dans tous les pays, dans les tranchées, sur tous les fronts. Il s'inquiétera, lui que l'angoisse n'avait jamais effleuré. Jamais il ne saura la parenthèse délirante de D'Annunzio en son palais sur la colline de Fiume. Carlo ne saura jamais les rampes à gaz qui éclairaient les monuments, les lampions de papier panaché, les feux de Bengale, les pétards, les couples qui chantaient, qui criaient, qui s'aimaient au rythme des orchestres, des mandolines et des guitares. Il ne verra jamais l'immense dais de toutes les bannières d'Italie qui recouvrait les rues, les portraits de Verdi, Dante, Garibaldi, les sirènes, les camions lancés à vive allure pour aller qui sait où transporter qui sait quoi, qui sait qui. Carlo ignorera cet enthousiasme débridé, ces couleurs chamarrées, cette vie intense et folle. "Ce bolchevisme de droite" comme l'écrira dans *L'Excelsior*, le 27 septembre 1919, l'envoyé spécial du journal français, Albert Londres.

Carlo Airoldi a cinquante ans cette année-là. Son corps a changé. Il s'est épaissi. La vie ne lui offre plus guère l'occasion d'une exaltation. Ses pensées bourdonnent encore à l'évocation d'Athènes. Il s'emporte moins qu'avant mais ne s'apaise jamais vraiment. Sa moustache arrogante des années de jeunesse s'est transformée en pagaille hirsute, en hallier ardent.

Il se détourne à présent de cette actualité folle qui l'assaille et revoit simplement le château de Tsrat se découper dans le ciel soudain plein d'une rambleur. Il pense à Fiume. À lui arrivant à Fiume, éreinté.

Le 10 mars 1896, *La Bicicletta*, note que le 7 mars, l'intrépide Carlo Airoldi se présente devant le responsable du Touring Club italien de la ville. Il n'a pas été annoncé mais le public sportif de Fiume l'accueille avec enthousiasme et se passionne pour son périple. Le coureur vient de parcourir 70 kilomètres d'un trait. S'il a souffert de l'état des routes en Italie, il trouve celles de ce pays plus fatigantes encore à cause des dénivelés qui cassent le rythme en même temps que les cuisses et les mollets. Les muscles et toutes les articulations. Il apprécie en revanche la diversité du paysage et les panoramas pittoresques qui lui donnent l'illusion fugace de *tout une étendue*, bien loin déjà des neiges, des boues et des pluies d'Italie. Tout ici, désormais, bénéficie d'une température plus douce et d'une météorologie plus clémente. Il se plaint toutefois d'une douleur aux talons. Du sable s'est glissé dans ses sandales et les frottements ont fini par le blesser. Mais Carlo demeure joyeux, confiant et certain de la victoire qu'il signera à Athènes.

Il dit : "Quand j'atteindrai la frontière grecque, je serai à Athènes. Et quand j'entrerai dans Athènes, je serai le vainqueur du marathon."

11.

LES LIONS D'ADOUA

Après Fiume d'où il est parti sous les encouragements – *Sempre avanti, Savoia ! Viva Milano* –, Carlo Airoldi file à Bakar. Carlo dit Buccari. Une quinzaine de kilomètres seulement. Une promenade de santé. Il arrive dans un port paisible qui enveloppe le fond de l'anse étroite. Elle s'ouvre sur l'archipel du Quarnaro, le long de la côte dalmate. Les demeures descendent en cascade jusqu'au bord de l'eau. Ce soir-là, Carlo n'a aucune difficulté à trouver un hébergement. Il pousse la porte de la première auberge qu'il rencontre. Une femme généreuse l'accueille avec un large sourire et des mots dont il ne comprend que la bienveillance. Il soupe d'un potage épais dans lequel l'hôtesse a ajouté des haricots blancs, un reste de riz, du pain et un morceau de lard. Carlo renonce au vin blanc mais pas à la bassine d'eau chaude que l'aubergiste a installée dans sa chambre. Carlo lave son corps, masse ses pieds longuement, ses cuisses, ses mollets, ses épaules, sa nuque, jusqu'au moment où l'eau a perdu ses vertus, sa chaleur et ses bienfaits. Il s'allonge dans un lit parfumé. Il s'endort profondément, persuadé qu'ici aussi il aurait pu vivre une vie agréable. La vie d'un autre. Les jours suivants, dans la douleur de l'effort, il se remémorera souvent cette soirée simple mais fondamentale.

Après Bakar, Carlo se lance dans la longue descente vers Zadar et Split avant d'envisager plus tard Dubrovnik. Il dit : Zara, Spalato, Ragusa.

Jusque-là, les difficultés ont jalonné le périple mais jamais elles n'ont été insurmontables. Le corps et l'esprit ont tenu. Et toujours, l'enthousiasme a nimbé les efforts d'une façon telle que la volonté a été la plus forte. Le 13 mars, Carlo court encore dans cet état d'esprit même si l'accueil, chaque soir, le repos, le sommeil et les repas manquent un peu de chaleur et de mots apaisants. Les douceurs de Bakar se sont effacées dans le sfumato du sillage. Le 13 mars, Carlo écrit à *La Bicicletta* :

Cela fait déjà quatre jours que, par économie, je mange et je dors comme je peux, pas comme je veux. Mais la santé ne fait pas défaut. Les grandes et folles fatigues me rendent finalement plus léger que n'importe qui. Cela fait quelque temps que je ne vous ai pas écrit. Pas grand-chose à raconter. Il faut dire que pendant tous ces jours, je n'ai rencontré que des gens souvent peu bavards à quelques exceptions près et des conditions météorologiques dantesques comme je ne les avais jamais connues dans ma vie.

Parfois, Carlo comprend que sa réputation le précède, y compris dans les plus modestes villages où quelques curieux semblent l'attendre pour saluer son passage. Parfois, c'est de l'indifférence et de la suspicion qu'il lit sur les visages. Mais rien ne le touche, rien ne l'émeut.

Peu à peu, les efforts ont eu raison de ses désirs de gloire et de célébrité. La course a pris les commandes. Carlo file droit devant comme une proue de navire fendrait un océan hostile et interminable. Il avale les kilomètres, effectue des comptabilités mentales avec les informations qu'il essaie de glaner le soir pour le lendemain et les conditions qu'il tente de déchiffrer sur une mauvaise carte dont il doute de la probité et de l'actualité.

Il passe à Crikvenica, Selce, Novi Vinodolski, Klenovica et fait étape à Senj. À peine plus de 50 kilomètres. Mais pendant cette étape-là, il se demande si tout un panthéon ne s'est pas ligué contre lui. Dans la montagne, il entend des loups hurler. Devant une masure, deux chiens féroces le prennent en chasse. Il doit accélérer, s'épuiser, s'arrêter tout net, leur faire face et, s'étant saisi d'un bâton et d'une pierre, les menacer de ces armes, les agresser avec elles. Les méchantes bêtes férales renoncent et retournent au bercail avec un air plus mauvais encore, la bave à la gueule.

Et vient la *bora*.

À Bakar, sa logeuse lui avait parlé de ce vent terrible. Carlo savait que la bora atteint parfois Venise, qu'elle devient même *bora bianca* quand elle s'enrage plus fort vers la lagune, et, qu'alors, elle traverse jusque dans les demeures, les corps réduits à l'état de fantômes sans densité. Il savait qu'à Fiume, le tarif s'affichait identique et que la partition s'endiablait plus au sud jusqu'à Senj. Mais à ce point de rupture, ça il ne l'aurait jamais cru. Dans l'après-midi, après les loups et les chiens immenses, la bora – ici, les gens prononcent *bura* – Carlo a vu une masse noire et menaçante s'accumuler aux sommets du Velebit. À cet endroit, le massif montagneux imposait l'allure d'un ogre, d'un monstre impitoyable. Ciel et roches se rassasiaient d'une noirceur ténébreuse dont un peintre même possédé n'aurait pas osé solliciter les goudrons. Un souffle rauque a d'abord annoncé des masses d'air tonitruantes et violentes. Toute la course de Carlo était contrariée. Il fallait lutter, s'arrimer à du vide, reprendre une maigre respiration, contrer les bourrasques. Puis une hurlerie a déferlé des pentes à la façon d'une cataracte très sonore, saturée dans les graves comme dans les aigus. Maintenant les Érinyes dansaient au bal infernal et toute la folie du monde s'endiablait. En cognant contre la mer, la bora inversait le sens des vagues qui s'engrammaient vers le large comme des chevaux apeurés que des hydres mythologiques auraient effrayés et renvoyés à leur écurie. Carlo dut se résoudre à chercher un havre. Ce soir-là, il dormit sous l'appentis d'un menuisier dans une odeur de bois de chêne réconfortante et dans la chaleur de copeaux qu'il réunit en matelas sous la couverture que ses hôtes lui confièrent. Il dîna avec eux. Œuf, lard, pain, fromage de brebis salé. Parla des loups, de son voyage – ses hôtes étaient éberlués –, d'une façade qu'il vit s'écrouler en chemin sous les assauts des rafales et de cette foutue bora dont le menuisier et sa femme lui apprirent que le phénomène pouvait durer plusieurs jours et rendre fou.

Le lendemain, miracle, la sauvagerie avait cessé. Mais la veille, elle avait blessé. Carlo accusait maintenant une douleur exquise dans le haut du mollet droit et découvrait des muscles, suppliciés pendant le grand effort, des muscles qu'il ignorait posséder jusqu'à cette épreuve du grand vent à la surface de la terre.

Il se mit en route avec du pain frais dans sa besace, du jambon, un oignon à croquer, deux pommes à la saveur acide. La femme du menuisier lui avait reprisé son maillot décousu sous l'aisselle gauche et lavé ses chaussettes et ses deux caleçons. Carlo partait frais. Près de 65 kilomètres l'attendaient pour atteindre Karlobag. C'est là qu'il apprit le détail, plus de dix jours après l'événement, de ce qui venait de se nouer à Adoua, en Éthiopie.

Après avoir déposé ses affaires et s'être rafraîchi à l'Auberge du Port, il s'installe à une table près du comptoir où le patron lui sert du siphon, un verre d'eau de Seltz mélangée à du vin. Le patron se prénomme Jadranko. C'est un brave homme d'une cinquantaine d'années, bâti dans une roche, impression que renforce sa carrure et atténue son sourire paisible. Il a vécu à Trieste trente ans plus tôt où il exerçait le métier de cocher. Il en est revenu avec un peu d'argent pour s'établir dans cette auberge et avec un sabir d'italo-frioulan qu'il mêle parfois à du *ciakavo* d'Istrie. Mais ils se comprennent. Et ils parlent.

— Où allez-vous comme ça ? demande Jadranko.

— Je me rends à Athènes...

— Athènes ?

— Oui. Vous savez peut-être que des Jeux olympiques vont se disputer là-bas le mois prochain.

— Non, je ne le savais pas. Des Jeux olympiques, c'est quoi au juste ?

— Dans l'Antiquité, des Jeux se tenaient à Olympie, d'où le nom. Ils rassemblaient les meilleurs athlètes tous les quatre ans.

— Vous me l'apprenez.

— En avril, ce sera la même chose avec des sportifs venus du monde entier, des Américains, des Australiens, des Allemands, des Français...

— Et vous, un Italien !

— Eh oui.

— Quelle est votre spécialité ?

— Je veux courir le marathon.

— ...

— Vous ne savez pas ce que c'est ?

— Eh bien non, je l'avoue.

— C'est une course de 40 kilomètres.

— 40 kilomètres ?! Mais c'est une folie ! Qui est capable de faire ça ?

— Moi. Et quelques autres...

— C'est vrai que vous serez en forme, après tout ce temps passé sur les routes. Je ne sais pas où vous trouvez la force de tout ça. C'est pas vraiment humain, cette affaire.

— La force, elle vient de là, de là, de là, répond Carlo en montrant sa tête, son cœur, ses jambes.

— Oui bien sûr, mais quand même...

— Vous savez, je cours en moyenne plus de 60 kilomètres par étape. Je fais un marathon et demi chaque jour ou presque. Alors un de plus à Athènes... ce sera une formalité.

— Vous arrivez de Milan, n'est-ce pas ? Jusqu'à Athènes ? Comment est-ce possible ?

— J'espère que vous lirez mon nom dans les journaux, parce que je vais gagner cette course. J'en suis convaincu. Ce sera mon heure de gloire. Ma très grande heure.

— En attendant, il va falloir vous reposer. Vous n'êtes pas au bout de vos peines.

— Je vais passer une bonne nuit. Et demain ça recommencera comme chaque jour. J'ai déjà parcouru plus de 600 kilomètres. Si j'avais dû rompre, j'aurais déjà rompu. Or, je tiens et donc je tiendrai. Maintenant, j'ai trouvé mon amplitude physique. Je cours sans difficulté majeure et les souffrances s'endorment vite quand elles se manifestent. C'est une curieuse chimie la course, vous savez. C'est une drogue. Et puis, je n'ai pas le choix. Pas d'argent. Si je veux aller à Athènes, c'est par mes propres moyens.

— C'est quand même une drôle de guerre que vous vous imposez.

— Plus qu'une guerre, c'est un défi. Je crois que je suis né pour ça et d'ailleurs, je ne veux que ça : être définitivement le meilleur... Une guerre ? Non ! Vous savez, la guerre est étrangère aux Jeux. Dans l'Antiquité, les Jeux commandaient une trêve dans les conflits guerriers qui pouvaient exister.

— Dites donc... les choses ont bien changé...

— Que voulez-vous dire ?

— Comment ? Vous n'êtes pas au courant ?

— Au courant de quoi ?

— De votre Crispi et de la défaite que votre pays vient d'essuyer en Éthiopie...

— Ah... Cette guerre. Oui. Et ce maudit Crispi... Je n'ai jamais aimé ce type...

— Je ne veux pas vous offenser mais votre armée vient de prendre une belle raclée à Adoua je crois.

— C'est terrible cette affaire. Oui, je suis un peu au courant. Mais je ne veux pas m'encombrer l'esprit avec tout ça. C'était le 1er mars. Je venais de quitter Milan. J'ai su le lendemain soir, à l'auberge où je dormais. Tout le monde ne parlait que de ça.

— Vous en pensez quoi ?

— Rien, sinon que ce Crispi est une crapule. Mes copains, ceux qui venaient à l'usine pour nous parler de la révolution qui arrivera un jour, avaient raison de lui tailler une belle moustache à ce pourri. La révolution, je ne vois pas où ça pourra nous conduire. Moi, j'aime mon travail, j'aime travailler et j'aime courir. Le patron nous respecte à l'usine. Les copains parlaient de justice, d'équité, de salaires, d'assurances pour la vieillesse, la maladie et de meilleures conditions de travail. Je ne les écoutais pas vraiment quand ils abordaient ces questions, même si tout ce qu'ils disaient me semblait juste et souhaitable. La politique, je n'y arrive pas, cela ne m'intéresse pas. J'ai toujours l'impression qu'il y a des mots cachés derrière ceux que l'on met en avant. Vous comprenez ça ? Mais si j'avais su, j'aurais applaudi quand ils en causaient. Foutu Crispi. Lui, c'est vraiment ce qu'il y a de pire pour moi. Un type qui commence à gauche, qui réprime des manifestations de mineurs en Sicile, vous savez ce que c'est le métier de mineur, qui dissout des syndicats et qui finit avec une diarrhée de nationaliste dans la bouche. De nationaliste et de conquérant qui veut soumettre l'Éthiopie. Cela m'écœure.

— Pour le coup, il est vraiment foutu votre Crispi. Il a sombré avec armes et bagages. Un beau coup de pied au cul. Dans les journaux, ils ont dit qu'il avait arnaqué l'empereur Ménélik en 1889, ça remonte cette affaire, en lui faisant prendre des vessies pour des lanternes.

Un traité international, je crois, je n'ai pas bien compris. Quand le négus a saisi l'entourloupe, il n'a pas aimé. Faut comprendre. Alors ça a vite camphré. Le ton est monté. Les fâcheries ont fait le miel des malentendus. Finalement, le négus a appelé ses troupes de tous les coins du pays, et plus de cent mille guerriers, ils ont dit, se sont rassemblés à Adoua. Votre général se trouvait à 25 kilomètres, il espérait que ça se calme. Crispi exigeait une victoire rapide. Il a ordonné l'attaque. On a vu le résultat. Cette histoire d'Éthiopie va faire long feu, je le crains. Vous allez devoir vous trouver d'autres territoires sans des Ménélik et des guerriers-lions armés de simples lances, capables de foutre en l'air une armée européenne... sans vous offenser, bien sûr...

Bien sûr qu'il ne m'offense pas, Jadranko. Comment le pourrait-il en me racontant une histoire aussi navrante. Il a raison. Notre pays est ridicule. Crispi est lamentable. Notre âme est souillée. Ces salopards de Rome nous plongent dans l'abîme. Ils nous projettent contre un mur comme des chiots dont on veut se débarrasser à la naissance. Qu'avions-nous besoin d'aller claironner là-bas, conquérir qui sait quoi, dans ce pays brûlé, chez des hommes plus ardents au combat que nous, avec nos fusils, notre mitraille et nos munitions ? Que ne s'occupe-t-on plutôt de la malaria dans nos marais, de la faim qui tiraille nos familles ici et là, de la misère qui nous accable et de soins médicaux dont beaucoup sont privés, comme de l'école, de l'éducation, de l'affranchissement des esprits ? Que sommes-nous allés endiabler à l'autre bout du monde pour gâcher la vie de nos soldats et des populations qui vivent là-bas ? Je ne comprends pas. Que cherche-t-on à piller dans le sac de l'homme noir ? Je ne sais pas et je ne veux pas savoir. Je n'ai jamais vu un homme noir de ma vie à l'exception de cet Africain, à Milan, dans un restaurant où je venais d'effectuer ma livraison hebdomadaire. Un commis m'a dit de passer une tête dans la salle. Il était là, assis, majestueux, vêtu d'un pantalon de toile beige, d'une chemise mauve et d'une veste en gros velours bleu nuit. Un foulard rouge était noué autour de son cou. Il portait une de ces casquettes dont se coiffent ici les charbonniers et l'ensemble faisait forte impression. En particulier auprès des dames qui feignaient de ne pas lui prêter attention mais dont le regard glissait vers lui comme le fer va à l'aimant. Son allure était très élancée. Il m'a fait l'effet d'un fauve capable de soudain bondir. J'ai appris qu'il se nommait Scipion et qu'il faisait le modèle pour de grands peintres. Tout cela m'a intrigué : ce Noir, la façon de se vêtir, toutes ces couleurs, faire le modèle.

12.

CONFÉRENCE AU STRADUN

Le 19 mars 1896, Carlo Airoldi fait son entrée à Raguse. Les efforts ont fini par le crucifier. Ses traits portent de profondes marques de fatigue et de souffrances accumulées. Une ride barre son front et deux autres balafrent ses joues. Plusieurs kilos l'ont quitté. Son ventre s'est creusé. Ses cuisses ont pris une forme nouvelle, plus fuselée. Après Karlobag, il a couru jusqu'à Zadar, puis Šibenik et Split.

À Šibenik, il a dormi dans une pension au confort très rudimentaire dans une rue proche de la cathédrale Saint-Jacques. Le soir, il a mangé dans le quartier et a su combien la lumière, même à cette époque de l'année, aimait embrasser la pierre blanche que les hommes utilisaient ici depuis des siècles. En toile de fond, la mer jouait avec des gammes glauques et de soudains éclats d'un jaune équivoque. Carlo s'est senti dans une douceur de l'esprit malgré une nouvelle blessure au talon et des problèmes gastriques aussi avilissants que très contraignants, l'obligeant sans cesse à quitter la route pour aller s'accroupir derrière un bosquet, un tas de pierres, quelques broussailles bien opportunes. À Šibenik, aussi, une fontaine l'a intrigué. Un sabre en forme de lune était gravé dans la pierre au-dessus du bec d'où sortait un jet capricieux. Quelque chose d'oriental dont un quidam lui apprit que cela datait des Ottomans. Cela laissa Carlo suspendu dans une perplexité que la méconnaissance de l'histoire, bien sûr, n'encourageait pas à endiguer. Des Ottomans ? Des Ottomans, ici ? Des Turcs, quoi ! Maman disait que jadis, de tels guerriers avaient même franchi l'Isonzo et déferlé dans le Frioul. Pas croyable, cette histoire d'Ottomans !

À Trogir, ensuite, il a fait halte, incapable de pousser jusqu'à Split. Il a aimé Trogir et son port et ses ruelles étroites qui dessinaient une île très protectrice, reliée au continent par quelques ponts modestes. Il a frappé à la porte du monastère Saint-Nicolas où vivaient des bénédictines. On le lui avait conseillé. Elles louaient des chambres à très bas prix dans une maison du quartier. Carlo avait appris auprès d'elles la découverte, dans une belle demeure abandonnée du quartier, autrefois propriété d'une puissante famille, d'un bas-relief représentant le dieu Kairos. Il avait été rapporté de Grèce et datait du IVe siècle avant Jésus-Christ. Les bénédictines l'avaient récupéré. Carlo avait dormi à proximité de cette merveille antique. Comme un songe qui se frotte à un autre dans le mystère d'une nuit, Carlo avait fréquenté cette représentation d'un dieu ailé, coiffé d'une touffe hirsute de cheveux qu'il faut saisir quand le dieu passe en courant. Kairos, c'est l'incarnation du moment opportun. La course qu'il convient de comprendre à l'instant même de son expression. À Trogir, le temps d'une nuit, d'un réconfort qui l'émut – les mots des sœurs, l'odeur d'un encens et de bougies au miel –, soudain riche d'un plaisir que procura le repas simple, à base de légumes frais et de pois, avec du fromage et du pain, Carlo empoigna la chevelure du dieu. Il était de cet instant, de ce lieu, de cette âme du lieu. Et demain, il repartirait, plus fort, il l'espérait. Il courrait comme un dieu. Au moins un demi-dieu.

Le lendemain, il avait vu Split et la citadelle dont l'empereur Dioclétien commanda la construction pour y finir ses jours après avoir abdiqué. Carlo avait pénétré dans cet entrelacs urbain où l'antique voisinait avec tous les siècles suivants. Le labyrinthe l'émerveilla. Il n'avait jamais rien vu de pareil. D'ailleurs qu'ai-je jamais vu à l'exception de Milan, de tous mes paysages traversés, y compris pour aller à Barcelone, j'ai regardé bien sûr mais la course est la plus forte, tu cours, tu cours et tu finis par oublier la réalité de la course, tu cours dans un autre monde, oui, c'est comme cela que les choses se passent, surtout quand tu accumules des kilomètres qui finissent par t'anesthésier en même temps qu'ils te galvanisent. C'est comme ça.

Finalement, Carlo arriva à Raguse. Du haut de la route qui surplombait la ville, l'impression le saisit. Le spectacle était grandiose. Peut-être l'un des plus extravagants depuis le début de son voyage. Pour une fois, il s'arrêta, prit le temps de retrouver son souffle, posa son sac et, mains sur les hanches, passa du temps à contempler le port, la mer dont il ne verrait jamais le bleu moelleux à la belle saison mais où il découvrit, en ce mois de mars couvert, des finesses et des nuances de vert qui allaient de l'améthyste au jade, en passant par la menthe, l'amande et l'absinthe. C'était une vision de paix et d'harmonie qui montait jusqu'à ses yeux. Il en oublia presque la douleur au poignet et la main écorchée après une chute quelques kilomètres plus tôt. Maintenant l'un et l'autre enflaient, des aiguilles entraient dans sa chair et il était temps de soigner tout ça.

Dans le port, une grande agitation l'étonna. Pêcheurs et marchandises encombraient les quais. Carlo était frappé par la majesté de l'architecture. Tout semblait avoir été étudié jusque dans le moindre détail, de l'encorbellement à la fenêtre à meneaux en passant par le portique, l'escalier qui conduisait à l'entrepôt, les bancs jumeaux en pierre qui encadraient la porte principale, laquelle donnait accès au centre de la ville. Le voici. Et d'abord le Stradun qui filait droit et long. Des boutiques et des cafés jalonnaient cette avenue minérale où le sol dallé se rehaussait d'effets à la lumière pourtant voilée de la fin d'après-midi. Carlo oublia presque que sa main et son poignet le faisaient souffrir avec cruauté. Voici l'enseigne d'un apothicaire herboriste. Il poussa la porte, une clochette nerveuse s'anima, il entra. Un vieil homme barbu coiffé d'un calot l'accueillit, examina ses blessures et lui prépara des onguents dont il vantait les bienfaits.

— Vous m'en direz des nouvelles, sourit-il avant d'ajouter : en fait, vous ne me donnerez aucune nouvelle puisque vous ne faites que passer, n'est-ce pas ? C'est bien vous l'Italien qui va à Athènes ?

— Oui, je suis Carlo Airoldi et je...

— Carlo Airoldi, voilà, c'est cela, j'ai lu votre nom dans le journal qui annonçait votre arrivée un de ces jours chez nous. Dites-moi, vous allez bien, questionna l'apothicaire en balayant du regard le corps de Carlo ?

— Ça va, ça va...

— Sûr ? Je vous trouve une mine très fatiguée et votre genou là... Il a l'air enflé. Je me trompe ?

— Le genou c'est bon, en revanche c'est mon talon...

— Montrez-moi ça.

Une heure plus tard, après force soins, l'apothicaire avait tiré le rideau, fermé boutique plus tôt que prévu et convié Carlo à prendre un verre dans un bar chic de la grande artère. Il lui expliqua que des siècles auparavant, un ruisseau coulait à l'endroit même de l'avenue, et que depuis bien longtemps, c'était la colonne vertébrale de la ville. Des connaissances s'approchèrent. L'apothicaire leur présenta Carlo comme s'il était un ami de longue date, leur détaillant tout le voyage qu'il venait d'avaler depuis Milan. Un homme très chic s'approcha. L'apothicaire libéra un siège et présenta l'élégant à Carlo avec un respect presque obséquieux. C'était le comte Donato Sanminiatelli, le fils du représentant du royaume d'Italie dans la place.

— Très heureux de faire votre connaissance, cher compatriote, salua le comte tout en se présentant. C'est un honneur de voir un athlète de fort tempérament accomplir ce que vous ambitionnez. J'espère pouvoir vous aider dans cette tâche d'Hercule. Demandez tout ce dont vous avez besoin, je ferai en sorte de répondre de la meilleure et de la plus utile des façons. Acceptez tout d'abord que j'organise une entrevue avec mon père. Lui aussi sera très fier de votre entreprise et de saluer un Lombard aussi téméraire si loin de ses bases. En attendant, vous êtes mon invité. Ce soir, nous dînons ensemble et vous dormirez au chaud. Je m'occupe de vous faire réserver une chambre.

Le soir même, Carlo qui venait de passer deux nuits à la belle étoile, blotti contre un muret le long de la chaussée, les jambes simplement protégées par son maillot de rechange, la tête calée par une motte de terre herbeuse, privé d'hygiène, grelottant jusqu'à l'aube sous un ciel clair et des étoiles mordantes, dormait dans des draps fins et sur un matelas dont il n'avait jamais éprouvé un tel confort depuis le début de l'aventure. Dans la chambre, il y avait même une salle d'eau comme il n'en avait jamais profité auparavant dans sa vie.

À table, les deux hommes échangèrent longuement. Le comte voulait tout savoir des motivations de Carlo. Il lui parla de Dante Alighieri, de Léonard de Vinci, de Michel-Ange, de Pétrarque, de Machiavel – il était toutefois un peu plus réservé sur ce cas –, de Mazzini, du Risorgimento, du royaume, de l'Italie et de l'importance de la porter par la culture, loin de ses lieux premiers et naturels.

— C'est ce que nous voulons entreprendre ici, s'enflamma le comte, en propageant ce qu'il y a de meilleur en nous et dont nous pensons que le message peut emporter l'adhésion de ces territoires si proches géographiquement des nôtres et communs par l'art de vivre. Vous ne trouvez pas ?

Carlo était très embarrassé. Non seulement, il ne pouvait parler de Dante, de Pétrarque ou de Machiavel dont il n'avait jamais lu la moindre ligne. Mais encore, il n'avait aucun avis sur l'expansion nécessaire du territoire italien. Un soir où tous dînaient ensemble, il avait simplement entendu un des ouvriers de la fabrique, un Toscan, déclamer des passages de *La Divine Comédie*, comme cela était de tradition chez lui, avait-il expliqué à ses amis abasourdis par cette très haute culture qui venait à eux en toute simplicité. Pour le reste, le discours politique, la nécessité de laisser la tache d'huile italienne se répandre par-delà les frontières historiquement admises, Carlo n'avait pas d'opinion. Sinon une méfiance naturelle – que va-t-on chercher chez les autres que l'on n'aimerait pas qu'ils vinssent revendiquer chez soi, dans son pré, devant sa maison ? En fait, il se trouvait devant un dilemme : être agréable au comte qui prenait grand soin de lui et voulait aider son entreprise et ne pas lui opposer, pour évoquer la présence des Italiens en Dalmatie, ce qu'il trouvait invraisemblable en Éthiopie et dont chacun savait depuis les événements récents d'Adoua ce qu'il peut en coûter de façon cuisante aux conquérants.

Pour éviter de s'engager dans un tel sujet, Carlo demanda d'un ton qu'il voulut le plus neutre possible :

— Comment les gens d'ici se comportent-ils avec nous ?

— Cela dépend, répondit le comte avec un air soucieux. Dans les villes, et c'est le cas ici, les choses se passent correctement même si une agitation politique peut parfois se manifester. La pression vient de l'intérieur des territoires. Vous devez savoir que le royaume de Dalmatie est directement rattaché à Vienne et que Vienne encourage énormément la culture croate pour contrer notre influence. Les mouvements se structurent contre notre présence. Un jour ce sera difficile. Très difficile, même... Prenez le cas du maire actuel par exemple, le baron Francesco Ghetaldi-Gondola. Ce qu'il vit est un enfer. Il est issu d'une des plus grandes familles de la ville qui doit son titre à l'Empire austro-hongrois. En 1870, il a servi l'Empire dans la guerre franco-prussienne. Il a très vite adhéré au Parti autonomiste qui défendait l'idée d'un royaume de Dalmatie indépendant, ami de la culture italienne qu'il voulait rapprocher de la culture slave et peu enclin à une union politique avec le royaume de Croatie et de Slovénie. Il y a trois ans, voyez-vous Carlo, il a inauguré un monument à la mémoire de son grand-père, Giovanni Gondola. Cette histoire a marqué le point de départ d'un conflit très grave entre les communautés. Et franchement, je ne vois pas comment il pourra sortir indemne de cette querelle.

Le comte Donato Sanminiatelli ne pouvait mieux dire. Trois ans plus tard, pressé par les circonstances, harcelé par les mauvaises intentions, le baron Francesco Ghetaldi-Gondola décidait de mettre fin à ses jours.

Le comte poursuivit :

— Vous savez Carlo, il n'y a pas que ces problèmes qui nous opposent nous, Italiens, eux, Slaves et autorités austro-hongroises. Ils sont déjà très complexes et je dois avouer, malgré des convictions très profondes qui m'attachent à l'idée d'une Italie au-delà de l'Italie, que nous inventons peut-être des difficultés majeures en même temps que nous rêvons d'inventer une zone d'influence italienne dans les Balkans. Je sais que mon raisonnement est paradoxal. Mais je suis bien obligé d'être lucide. Nous sommes une puissance pauvre, Carlo. Il y a seulement trente-six ans nous n'étions même pas un État digne de ce nom. Et aujourd'hui, il y aurait tellement à faire pour le développement du Sud où tout est à construire. Au lieu de cela, nous nous éreintons à imaginer notre grandeur ici, dans le souvenir de ce que fut Venise et de sa république. Pour tout vous dire, Carlo, je pense que nous aurions intérêt, pour conserver notre place et notre culture ici, à développer des liens plus subtils qui ne nous rendraient pas suspects d'une volonté d'hégémonie. Vous comprenez, Carlo.

Carlo comprenait mais dans les grandes lignes seulement. Il savait qu'il ne faut jamais aller chercher noises et querelles aux voisins, qu'on a plutôt intérêt à entretenir dans de bonnes relations pour favoriser et encourager les aides quand elles se manifestent nécessaires et opportunes. Et de l'aide, on a toujours besoin.

— Et s'il n'y avait que cela, ajouta le comte avec un air préoccupé.

— Que voulez-vous dire ? s'enquit Carlo, très peu au fait de l'évolution diplomatique dans la région.

— Je veux dire que nous vivons une époque malade de cette question des nationalismes, vous devez savoir Carlo... Depuis longtemps, et même avant ce siècle, des idées de conquêtes, celles des Serbes, des Grecs, des Albanais, se manifestent partout dans la région, appuyées, contrées, encouragées, démolies par les grandes puissances, France, Russie, Allemagne, Angleterre, Empire ottoman. Ici tout est explosif, Carlo. Tout.

Tiens, les Ottomans, encore eux, se dit Carlo.

— Partout le sang a coulé, coule et coulera encore, insista Sanminiatelli. Les Turcs ne sont pas les derniers dans ce chapitre. Savez-vous ce que ces gens ont infligé aux Arméniens en Anatolie ? Avez-vous entendu parler des massacres d'il y a deux ans en Crète ? Êtes-vous au courant des dernières nouvelles de l'île ?

— Vous allez me les dire, proposa Carlo que ce déferlement d'informations finissait par rendre un peu anxieux, lui qui ne l'était jamais et qui connaissait si peu les alcôves politiques et les labyrinthes diplomatiques de son temps.

— Ce mois-ci, le gouverneur de Crète a été remplacé par un autre. Il s'appelait Aléxandros Karatheodorís. C'était un chrétien. Son successeur, désigné par l'Empire ottoman, se nomme Turhan Pacha Përmeti. C'est un Albanais. Bien sûr il est musulman et je crains fort que tout cela ne donne un bien vilain message à ses coreligionnaires sur l'île qui sont déjà très actifs et agressifs. J'ai peur de ce qui va se passer, Carlo. Je redoute de nouveaux drames. Des flammes, du sang en abondance, des tragédies innombrables. Abominables. Et partout autour de nous, c'est le même chant guerrier qui monte. Un jour, une force nous anéantira. Nous finirons à la fosse.

Comme si maintenant il ne parlait qu'à lui-même, les yeux perdus dans le spectacle du Stradun où il remarqua deux femmes élégantes qui riaient comme de joyeux canaris, légers brins d'herbe que le vent aime faire onduler, le comte ajouta :

— Vous savez, Carlo, j'aime ce qui est beau, j'aime les idées hautes, les projets nobles, comme le vôtre par exemple. Mais je n'ignore pas, comme l'a écrit notre cher Leopardi, que *fango è il mondo*... Oui, Carlo. Souvent tout n'est que boue ici-bas. Hommerie. Médiocrité. Un jour, le monde finit par s'en aller. Et nous devons nous en accommoder, hélas.

Le comte changea de conversation. Il parlait maintenant de la suite du voyage, de la réussite de l'entreprise, persuadé, plus que Carlo encore, combien le succès du coureur d'Origgio aurait un retentissement remarquable.

— Et maintenant ? demanda-t-il à Carlo en le fixant dans les yeux.

— Eh bien maintenant, je vais continuer pour arriver à Athènes, répondit-il.

— Bien sûr, bien sûr. Mais ma question c'est de savoir comment vous allez procéder.

— Eh bien, je vais poursuivre par Podgorica, Durrës et arriver en Grèce. Après...

— Vous n'y arriverez pas, Carlo, le coupa l'aristocrate.

— Comment ça ?

— Notez d'abord que vous avez peu ou prou accompli la moitié de votre périple. Un peu plus de 1 000 kilomètres. C'est énorme. Je ne sais pas qui serait capable de réaliser un exploit pareil à l'exception de vous, évidemment. Il vous reste une distance à peu près équivalente. 1 000 kilomètres supplémentaires, figurez-vous. Or, vous êtes manifestement très fatigué et on peut le comprendre. La plupart des candidats à l'aventure auraient abandonné il y a bien longtemps. C'est une évidence. Vous êtes blessé aussi, si j'en crois notre ami l'apothicaire, et rien n'indique, sauf votre respect, que vous pourrez tenir jusqu'au bout. La machine humaine n'est pas à ce point invincible. Tout le monde a ses limites. D'autant que vous allez pénétrer désormais dans un territoire qui risque bien de vous être hostile. On ne vous accueillera pas au Monténégro ou en Albanie comme ici et comme vous l'avez été jusqu'à Raguse. Les conditions de sécurité ne seront pas garanties du tout. Les dangers seront partout. La violence possible. Les bandits à l'affût. En outre, les routes le long du littoral font défaut. Il vous faudra entreprendre le chemin des montagnes et ce sera éreintant. Croyez-moi, Carlo, je vous déconseille vivement de vous engager dans ce qui deviendra vite un traquenard où vous aurez tout à perdre. Et puis, n'oubliez pas tout ce que je viens de vous dire. Vous marchez ici sur la poudre, torche à la main...

Carlo essaya vainement de faire valoir de pauvres arguments qui pesaient bien peu dans ce tableau d'apocalypse annoncée. Et bien entendu, aucun d'entre eux ne parvint à effacer les risques majeurs qu'avait soulignés le comte. Son silence et son regard insistants finirent par convaincre Carlo. C'était un vendredi. Lundi 23 mars, après trois semaines éprouvantes, Carlo montait de nuit à bord du pyroscaphe *Thèbes* de la Lloyd autrichienne et appareillait pour l'île de Corfou avant de rallier Patras. Le comte Donato Sanminiatelli avait décidé de l'accompagner à Athènes. En première classe.

Carlo dormit et se restaura en troisième classe. Logé nourri. Mal. Mais peu importe. Il épargnait son corps. Il ignorait aussi que son nouveau compagnon de voyage avait pris l'initiative d'écrire à *La Bicicletta* pour tenir le journal informé de ce que lui n'aurait jamais osé exprimer. Son besoin d'argent. Le maigre pécule de départ avait fondu. Il fallait de nouvelles ressources. Un peu d'aide. Des vêtements neufs. La réponse ne présentait aucun intérêt. Le comte, désormais, pourvoirait aux besoins de son héros national. Ce qui importait, à ses yeux, c'était de clamer : "Airoldi est un jeune homme courageux, énergique qui fait honneur à la société de gymnastique à laquelle il appartient." Il pensait bien sûr : "Qui fait honneur à notre patrie, à l'Italie dans ce qu'elle a de plus élevé et audacieux."

13.

RIEN QU'UNE LÉGENDE

Après Corfou, Carlo débarque à Patras deux jours plus tard, d'un bateau à vapeur grec qui effectue le passage entre l'île et le continent. Le consul d'Italie les attend sur le quai. Il félicite Carlo et lui remet un sauf-conduit nécessaire pour circuler dans le pays en longeant la voie ferrée jusqu'à Athènes, faute de route convenable tout le long du dernier trajet. Sanminiatelli prend congé. Il loue une cabine dans un train qui file à Athènes où il préparera l'accueil de son protégé. Le consul n'ose pas se mêler de cette affaire mais il se demande pourquoi Carlo devrait finir le trajet à pied alors même qu'il vient de voyager par mer pour simplifier cette expédition aberrante. Il s'interroge aussi sur le parcours choisi. N'aurait-il pas été plus judicieux de filer jusqu'à Brindisi depuis Milan ? À pied, la distance ne dépasse pas le millier de kilomètres. En train, cela n'aurait pas coûté bien cher. Alors pourquoi le choix de la difficulté, de l'inconnu, du territoire aventureux ? Mystère. Quatre étapes supplémentaires seront nécessaires à Carlo pour boucler le périple. Une halte à Akrata, dans une ferme qui dépend d'un monastère orthodoxe. Ça sent fort la chèvre et le bouc. Les moines ne sont guère loquaces. Le sourire leur est étranger. Une brusquerie et une sécheresse accompagnent leurs gestes et leur quotidien. Mais Carlo en a vu d'autres depuis le 28 février et le confort, même rudimentaire, lui suffit. Un deuxième arrêt à Corinthe, non loin du canal qui vient d'être mis en service depuis trois ans. *Dioriga korinthou, dioriga korinthou*, lui indique son logeur, le lendemain, lorsque Carlo s'envole pour la pénultième étape et qu'il s'apprête à traverser l'ouvrage colossal où glisse, à très faible allure, un clipper battant pavillon britannique. Le canal de Corinthe, le canal de Corinthe. Une fierté nationale. Ici, tout est question de fierté nationale, Carlo se dit. Puis vient Mégare. Puis Athènes. Pendant ces ultimes 250 kilomètres, rien ne lui est plus agréable que la perspective de l'arrivée imminente. Même impression qu'à l'occasion des 100 derniers kilomètres avant de parvenir à Barcelone. Mais cette fois, il ne faudra porter personne sur les épaules. Plus il court, plus il sent légères ses foulées. Il est Achille bondissant sous les murailles de Troie. Les blessures et les douleurs et les éreintements se sont estompés. Carlo flotte, il gambade. La première victoire s'annonce. La deuxième viendra bientôt.

De la mer Égée montent des embruns dont il ne connaît pas un goût aussi salé, où se mêlent des fragrances de miel, de myrrhe et d'hélichryse. Quelques crocus ont survécu à l'hiver. Des muscaris aussi, des euphorbes, des clématites, des cyclamens et des colchiques. Dans ces paysages virgiliens, autant de *vedute* pour les peintres, des âniers surgissent parfois au détour d'un sentier qui émerge d'une oliveraie, des chèvres aussi, en troupeaux que mènent des hommes taciturnes, mutiques, extraits du temps. Hésiode n'aurait pas pu mieux les inventer.

Le 31 mars, après 22 kilomètres qu'il effectue au pas de course, Carlo arrive enfin à Athènes. Il est 15 h 15. Un membre du comité des Jeux olympiques l'attend. C'est un Grec. L'accueil est poli mais très formel. Sanminiatelli assiste à cette prise de contact. Il se présente, en insistant fortement sur son titre, sa fonction de diplomate, celle de son père à Raguse. Carlo lui trouve un air très officiel qu'il ne lui soupçonnait pas. Toujours, le comte Donato Sanminiatelli a veillé à la plus grande simplicité avec lui. Carlo s'adressait-il à lui en donnant du Monsieur le Comte, l'aristocrate le reprenait aussitôt pour lui indiquer son prénom, Donato. Carlo transigeait pour Monsieur, en veillant, lorsque cela était possible, à trouver une façon indirecte de s'adresser à lui qui évitait de le prénommer Donato et de lui imposer un Monsieur que le comte ne voulait pas entendre. Pour un peu, Carlo aurait pu imaginer une vieille amitié et à aucun moment un fossé social tel qu'il existait vraiment entre eux. Ici, sur le sol grec, le ton a changé. Sanminiatelli s'avance en aristocrate et veut en imposer à ce quidam grec qui ne bronche pas, ânonne ce qu'il lui a été demandé de déclarer et se ferme soudain, plein d'acide. Il est 15 h 15. Exactement. C'est ce que note dans son édition du 2 avril le journal *Acropolis*. Ce titre a tenu absolument à s'entretenir avec Carlo, invitant d'autres quotidiens à l'imiter et à rendre le marathonien italien très présent dans le paysage olympique et grec.

Cette interview n'a certainement pas aidé Carlo dans son entreprise. Elle a mis en exergue, plus que son extraordinaire périple pour arriver à Athènes, sa condition physique exemplaire, extrême, dangereuse pour tout autre concurrent. Grec en particulier.

— Carlo Airoldi, êtes-vous vraiment venu jusqu'à nous en courant depuis Milan ? Ou bien est-ce une légende ?

— Si je pouvais vous montrer mes pieds, la douleur qui m'assaille au niveau des os et des phalanges, vous convaincre de l'état de mes genoux, de mes hanches, de mon dos aussi et jusque dans ma nuque, vous comprendriez de quelle "légende" il s'agit. Oui j'ai couru depuis Milan jusqu'à Raguse. Là, grâce au comte Sanminiatelli, j'ai pu emprunter un pyroscaphe pour atteindre Corfou, puis Patras. De là, j'ai couru les derniers kilomètres jusqu'à Athènes. Près de 1 300 kilomètres en tout.

— Cela fait donc de vous un homme en forme !

— Je le suis, oui. Très en forme même. Je l'étais déjà avant de partir. Je le suis encore plus aujourd'hui. L'épreuve de ce long trajet a davantage forgé mon corps et mon esprit. Rien ne pourra m'abattre. Je courrai le marathon dans douze jours maintenant et je le remporterai. Rien ne peut s'opposer à cette victoire. Elle est gravée dans ma tête. Et bientôt sur la coupe que l'on me remettra et qui portera mon nom.

— Connaissez-vous vos adversaires ? Et savez-vous que de grands champions grecs sont également inscrits et qu'ils ont l'avantage sur vous de maîtriser le terrain et le parcours ?

— Je ne redoute aucun adversaire, qu'il soit étranger ou même grec. Un homme n'est qu'un homme. Un coureur n'est qu'un coureur. Sa nationalité ne peut rien contre la farouche volonté de gagner que manifeste un autre adversaire. Nous serons tous alignés sur la même ligne de départ. Ensuite, il faudra courir et c'est ce qui comptera. Grec ou pas grec. Le marathon nous impose 42 kilomètres. C'est beaucoup. Je dois vous rappeler que j'ai couru une moyenne de près de 50 kilomètres par jour avec, parfois, des étapes de 70 kilomètres. Rien ne m'effraie plus. J'ai tout enduré depuis Milan. La pluie, le froid, le vent terrible, le mauvais sommeil, les repas frugaux, les blessures, l'extrême fatigue, les loups, les chiens sauvages. Mais aussi l'enthousiasme, la joie d'accomplir ce rêve, la volonté et la force. Je vais courir. Et je vais gagner.

— Ne craignez-vous pas que votre présomption ne vous joue des tours ? À être trop sûr de soi, on peut parfois tomber de haut.

— Je vous le répète. Je ne crains rien. Pas même les hautes tours dont vous parlez et dont je ne sais pas ce qu'elles peuvent être. Vous voulez peut-être dire que je manque d'humilité ? C'est ça ? Pensez ce que vous voulez de mon orgueil. C'est ce qui m'a toujours tenu la tête hors de l'eau et m'a donné une rage de vaincre que vous ne soupçonnez pas dans les moments très difficiles où le plus aguerri des coureurs aurait certainement préféré renoncer. Quant au fait de tomber, je sais ce que cela signifie. J'ai fait une chute pendant mon voyage. Ma main et mon poignet en ont souffert et continuent de me faire très mal. Voilà ce que c'est qu'une chute. Ce n'est rien d'autre que ça. Cela blesse mais la blessure est surmontable, et d'ailleurs je la surmonte.

— On dit de vous que votre technique est très particulière. Les spécialistes affirment même qu'elle n'est pas orthodoxe et que cela pourrait être un handicap face à des adversaires bien plus techniques que vous ne le serez jamais...

— Cher monsieur, je dois comprendre que vous ne serez pas sur la ligne d'arrivée pour m'applaudir quand je la franchirai le premier et que vous ne vous précipiterez pas pour recueillir mes impressions de vainqueur. C'est dommage parce que j'aurai alors grand plaisir à vous parler en italien très rustique, celui de ma campagne. Et pas en grec sophistiqué, celui de vos merveilleux techniciens et de vos antiques philosophes que je n'ai pas eu l'honneur de lire et de fréquenter mais dont on me dit de grandes choses. Monsieur, je dois prendre congé et désormais me reposer, reconstituer mes forces, m'inscrire à la course et attendre le grand jour.

14.

L'AUTRE DÉSINENCE EN A

Sanminiatelli s'amuse beaucoup de cette interview en la lisant et la relisant le lendemain dans *Acropolis*. Il n'ignore pas que ce journal développe une ligne éditoriale incisive en général et en particulier à l'occasion de ces Jeux, militante même, pour qu'ils se pérennisent en Grèce et ne s'universalisent pas comme les complexes négociations internationales l'imaginent pour la suite.

Quelques mois avant le début des Jeux, soutenant cette restauration d'une tradition antique, *Acropolis* a publié le texte suivant :

> Le rétablissement des Jeux olympiques est l'occasion de montrer aux étrangers qui vont se réunir dans la métropole grecque que, si la Grèce des partis politiques a fait faillite, la Grèce des traditions éternelles n'est pas morte et peut surmonter toutes les difficultés afin de mieux ressusciter (...). Allons-y ! Nous devons tous travailler avec zèle et enthousiasme pour le succès des premiers Jeux européens. Montrons aux Européens que la jeunesse grecque est toujours vivante, que le

sang coule toujours dans nos veines et que notre nation va connaître des jours meilleurs.

Sanminiatelli apprécie énormément la force de caractère et l'à-propos de Carlo que n'a pas impressionné le journaliste hellène.

Le jour même, il a organisé une rencontre avec Alberto Carlo Pisani Dossi. Comme lui, il est aristocrate. Comme lui, il est diplomate. En poste à Athènes depuis un an, après un passage par l'ambassade italienne de Bogotá, en Colombie, c'est un homme de quarante-sept ans, sec, nerveux, hyperactif, qui a tout connu ou presque du pouvoir et de ses arcanes. Comme Carlo, il est milanais et cette particularité crée immédiatement des liens avec le jeune marathonien. Il s'adresse à lui en dialecte avant de poursuivre en italien, par courtoisie envers Sanminiatelli.

— Où êtes-vous né exactement, cher Carlo ?

— À Cascina Broggio, monsieur. Près de Cantalupo, Cerro Maggiore et Origgio où ma famille et moi vivons depuis longtemps.

— Ah ! Très bien... Je connais ce mouchoir de poche. Et que faites-vous là-bas ?

— Je suis employé dans une usine de chocolats à Saronno. Mes parents travaillent la terre.

— Les braves gens...

— Merci monsieur.

— Ma famille est de Zenevredo, au sud de Pavie. Nous sommes donc lombards l'un et l'autre...

— ...

— Alors comme ça, vous arrivez de chez nous, en courant, pour participer à ces Jeux olympiques ?

— C'est exact, monsieur.

— Remarquable, cher Carlo. Remarquable. Je tiens à vous féliciter très chaleureusement, à titre personnel, et au nom de notre gouvernement. Ce que vous avez accompli là est exceptionnel et doit nous rendre tous fiers d'être votre compatriote. Je veillerai à ce que vous soyez célébré pour cet exploit à votre retour chez nous.

— J'en suis très heureux monsieur et vous remercie. Je me permets d'ajouter, sauf votre respect, que ma victoire à l'occasion du marathon sera déjà ma première récompense.

— Ah qu'il est drôle, sourit l'ambassadeur.

Carlo ne comprend pas pourquoi le diplomate l'a soudain trouvé amusant mais il reçoit le message selon lequel mieux vaut ne pas trop accumuler les phrases et les idées en présence d'un homme pareil. Et d'ailleurs, le regard insistant de Sanminiatelli confirme cette impression.

— Comment puis-je vous aider, cher Carlo ?

— Je compte m'inscrire dès demain à l'épreuve de marathon qui aura lieu le 13 avril prochain. Je ne sais pas trop comment procéder pour effectuer les démarches nécessaires. Le délégué des Jeux, qui est venu m'accueillir hier à mon arrivée, n'a pas été très clair ou alors n'ai-je pas tout bien compris.

— Il n'a pas été clair du tout Carlo..., coupe net Sanminiatelli.

— Pour le reste, poursuit Carlo, j'ai la chance inouïe d'avoir rencontré monsieur le comte Sanminiatelli qui m'aide énormément depuis notre rencontre à Raguse.

— Parfait, parfait, ponctue Dossi en jetant un regard complice à Sanminiatelli. Pour l'inscription, nous faciliterons les choses. Mon directeur de cabinet examinera tous ces aspects avec vous et prendra l'affaire en main. Je lui en parlerai dès que vous m'aurez quitté.

— Merci monsieur. Infiniment merci.

— Mais c'est tout naturel, cher Carlo Airoldi. Votre courage, votre volonté, votre exploit sont inouïs. Et à ce titre, ils méritent que nous soyons, à notre tour, à leur hauteur. En attendant, préparez-vous convenablement. Personne ne vous fera de cadeaux ici. Les Grecs veulent gagner cette épreuve...

— ... Je l'ai bien compris, monsieur, interrompt Carlo.

— Et je vous encourage, si vous me le permettez, à ne pas répondre à des provocations qui ne manqueront pas et aussi à être prudent quand vous serez sollicité par la presse. J'ai lu votre entretien dans *Acropolis*... Vous avez bien compris, il me semble, combien, ces Jeux en général et cette épreuve en particulier revêtent une importance capitale pour nos hôtes...

— Carlo a très bien compris, intervient Sanminiatelli.

Carlo se lève d'un canapé gondole en bois de palissandre et velours vert, comme on les inventa en France au moment du Directoire. Il se retire du salon de réception où de hautes tentures rouge pourpre couvrent les murs, avec une séquence de colonnes doriques très sobres en porphyre, des meubles ornés d'une riche marqueterie disposés de façon très harmonieuse dans l'espace. L'ambassadeur et le comte Sanminiatelli demeurent ensemble un long moment encore. Le diplomate, confortablement assis dans une ottomane très enveloppante et recouverte d'un tissu vénitien mêlant les teintes du réalgar et de l'orpiment. Le visiteur, installé de façon plus raide sur une banquette néoclassique en bois noirci et velours de laine d'un violet très épiscopal.

Un intendant apporte deux tasses et un service à café à motifs de singes costumés dans un décor tropical. Sanminiatelli le remarque et l'ambassadeur s'en aperçoit.

— Cette porcelaine de Paris vous intrigue, s'amuse-t-il. Figurez-vous que c'est un cadeau de Gabriele D'Annunzio que j'ai reçu ici même.

— D'Annunzio ? s'exclame Sanminiatelli.

— Lui-même ! C'est un homme et un écrivain singulier, vous ne trouvez pas ?

— Je l'ai lu avec intérêt mais je ne suis pas sûr de me trouver dans le cortège de ceux qui applaudissent son œuvre à tout rompre.

— "Arme la proue et cingle vers le Monde"... Celui-là n'a pas fini de nous étonner, cher ami. Mais parlez-moi de ce Carlo Airoldi... Lui aussi, à sa façon, est d'une incroyable singularité. Comment l'avez-vous rencontré et pris sous votre aile ?

— Je savais qu'un coureur à pied devait arriver à Raguse. C'est une connaissance qui me l'a présenté un après-midi dans un grand café du Stradun. Il était là, assis, manifestement épuisé mais heureux et fier de nous parler de son périple insensé.

— Insensé, c'est le mot. Comment une telle chose est-elle physiquement et mentalement possible ?

— Franchement, je ne cesse de me le demander. Mais pour l'avoir côtoyé depuis Raguse jusqu'ici, je peux affirmer combien le garçon est motivé bien au-delà de ce que nous pouvons deviner et même imaginer. Si j'osais la comparaison avec le titre de votre livre que j'ai tellement aimé, il est tellement peu conventionnel, je dirais que Carlo, c'est *La Désinence en A*... A comme Airoldi.

— Vous êtes drôle et vous me flattez... Mais je ne voudrais pas qu'il soit déçu, ajoute Dossi en se raclant nerveusement la gorge.

— Vous voulez dire ?

— Je veux dire que rien ne sera facile. C'est le message que j'ai essayé de lui transmettre à l'instant. Rien du tout ne sera facile. Vous connaissez la situation ici...

— Dites-moi.

— Vous n'ignorez pas que le souverain grec Georges Ier a tout mis en œuvre depuis des années pour jouer du philhellénisme occidental afin de rapatrier les Jeux à Athènes. Et vous n'ignorez pas qu'il a mobilisé cette olympiade dans un triple objectif : légitimer sa dynastie, comme vous le savez ce sont des Danois et forcément tout est fragile pour ces gens venus d'un autre monde. L'autre objectif, c'est d'unifier ces masses grecques par le sport en convoquant une histoire illustre et antique. Enfin, c'est une méthode pour ce que l'on nomme ici l'Énosis, la grande réunification panhellénique. À cela, ajoutez que le marathon coïncidera avec la Pâque orthodoxe et le soixante-quinzième anniversaire de la proclamation d'indépendance du pays. Vous comprendrez, dès lors, que les enjeux de toute cette affaire ne seront pas d'assister à la belle histoire d'un Italien inconnu qui a franchi tous les obstacles du monde pour venir jusqu'ici dans des conditions invraisemblables et menacer, par une victoire que personne ne veut envisager, une construction savamment et très politiquement élaborée.

— Autrement dit...

— Autrement dit, un Grec doit impérativement gagner cette course grecque. Ontologiquement grecque. Pendant ces Jeux, rien ne sera plus grec que cette course exhumée d'une histoire nationale viscérale.

— Mais que peuvent les organisateurs face à la rage de vaincre de Carlo Airoldi ? S'il court, il peut gagner. Voilà tout. Le sport, c'est le sport.

— Vous l'avez dit, cher ami : "s'il court".

— S'il court... c'est une façon de dire : il va évidemment courir et il peut gagner. C'est une très forte probabilité et d'ailleurs, j'ai cru comprendre en lisant la presse que les journalistes le redoutent énormément.

— C'est une évidence. La distance qu'il vient de couvrir a dû transformer son corps en acier ou en je ne sais quel métal invincible. Mais voyez-vous, outre ce que je viens de vous expliquer d'une situation nationale, je crains que notre ami Carlo n'ait armé lui-même l'arc qu'il a dirigé contre lui avec cette interview désastreuse dans *Acropolis*.

— Pourquoi désastreuse ? Je l'ai, au contraire, trouvé très incisif, lui qui d'ordinaire, je l'ai ressenti comme tel, souffre d'un complexe de classe, quasiment un sentiment d'illégitimité.

— Je comprends très bien ce que vous dites et je salue le courage de cet homme qui a voulu s'élever, tout seul ou presque, combattant avec ardeur et noblesse ses propres tourments. Il fait honneur à notre pays et à notre jeunesse dont il sera un modèle, je l'espère. Heureusement a-t-il croisé le chemin de quelques rares personnes comme vous. Mais la réalité est plus féroce que les bonnes intentions et les heureuses noblesses de l'âme, vous le savez. Cette histoire de "grec sophistiqué", "d'italien rustique", a profondément vexé bon nombre de Grecs. Cela m'est revenu. Les plus primaires ont lu cela comme une marque d'orgueil. Les plus retors ont lu cette déclaration de façon inversée et ont cru qu'Airoldi prenaient les Grecs pour de misérables arriérés face à la lumière de la civilisation qui viendrait les éclairer de l'ouest, de l'Italie, par exemple. Les éclairer. Les vaincre. Les humilier en démolissant la belle construction inventée pour la gloire de leur jeune nation.

— Mais...

— Je veux vous dire, cher Sanminiatelli, que le pauvre Airoldi, ce garçon que je crois pur et sans arrière-pensée, a lui-même fourbi l'arsenal que ce pays utilisera contre lui.

— Est-il menacé d'une quelconque façon ?

— L'avenir immédiat nous le dira. Je n'ai pas de réjouissantes nouvelles du palais où tout se joue, comme vous devez l'imaginer. Le roi et plus encore le prince Constantin s'occupent de tout ce qui touche de près ou de loin aux Jeux. On m'a parlé d'une course entre Turin et Barcelone... Je ne sais pas ce qu'ils reprochent à Airoldi à ce sujet mais je comprends qu'ils sont très arc-boutés sur cet épisode que je ne connais pas. En savez-vous davantage ?

— Pas vraiment. Je sais que Carlo parle beaucoup de cette victoire. Il a parcouru cette distance en seize jours...

— Mon Dieu, cet homme n'est pas de la même chair que nous...

— C'est une évidence. Mais souhaitons-lui du succès. Il le mérite.

— C'est un fait, conclut le comte Carlo Alberto Pisani Dossi. Mais ne négligeons pas le fait que dans cette affaire, notre pays compte peu. Nous sommes des plumes face aux rochers et aux montagnes que sont les Français, les Allemands, les Britanniques.

Avant qu'ils ne se quittent, ce dernier questionne Sanminiatelli sur ses travaux en cours. Ils parlent de l'Amérique du Sud, de la situation préoccupante dans les Balkans. Ils s'accordent sur le fait que, bientôt, le drame viendra. Bien sûr, il est question de la bataille d'Adoua, de la chute de Crispi dont Sanminiatelli ne peut ignorer qu'il fut longtemps le mentor de Dossi, que celui-ci, même s'il n'était pas un ardent défenseur de la *milanesità*, se vit souvent reprocher d'avoir pactisé avec un Sicilien tel que Crispi. Un politique madré et intransigeant, loin des convictions très ouvertes sur l'État italien de Dossi qui avait le souci de hisser le pays au rang d'une véritable puissance européenne et qui avait le goût de l'organisation administrative, sa grande passion, des affaires étrangères, du droit, des évolutions sociales, de l'économie, de l'art, "ce refuge de la liberté" comme il l'écrivit une fois, de la littérature qu'il inventait livre après livre, originale, libre, virevoltante, amie de l'absurde parfois. Maintenant que Crispi est fini, la carrière diplomatique de Dossi va forcément pâtir des changements politiques. Dossi annonce à Sanminiatelli qu'il quittera prochainement la capitale grecque. Certainement à la fin du mois d'avril. Après les Jeux. Qu'il se retirera très probablement de la vie publique. Il confie tout son intérêt pour l'archéologie, son désir de classer sa gigantesque bibliothèque, projet qu'il retarde depuis des années, engagé dans tellement d'activités et de projets. Dossi dit aussi son désir de s'établir avec sa famille près de Côme, dans une demeure qu'il veut imaginer à la mesure de sa nouvelle vie. Et bien sûr d'écrire. De continuer.

15.

LE DIADOQUE A DIT

Très vite, le scénario s'est noué. Au palais Irodou Attikou encore en travaux, accompagné par Sanminiatelli, Carlo se rend le lendemain de son entrevue avec l'ambassadeur Dossi. Accueil glacial et même moqueur. Tandis qu'ils patientent dans une antichambre, un sombre appariteur dont le visage hâve observe longuement les chaussures et la tenue de Carlo avec le plaisir insistant de signifier sa réprobation. De tels ribouis et de telles guenilles dans un endroit pareil c'est lamentable, clame le silence méprisant du fonctionnaire vêtu comme un loufiat et lui-même petit-fils d'un chevrier de l'Attique, oublieux de tout ce passé trop peu prestigieux à son nouveau goût. Ce mauvais regard blesse Carlo qui n'a trouvé rien d'autre pour s'habiller.

Enfin, quand trois hommes du prince héritier le reçoivent, la messe est dite depuis longtemps. Le tribunal salue à peine Carlo qu'ils exigent de recevoir seul. Sanminiatelli ronge son frein dans une autre pièce.

— Veuillez vous asseoir, monsieur Iruldi, commande l'homme du centre.

— Carlo Airoldi...

— Monsieur ?

— Je me nomme Carlo Airoldi, monsieur. Pas Iruldi.

— Si vous voulez... Bien... Nous avons longuement examiné votre dossier d'inscription pour le marathon que vous avez l'intention de disputer...

— C'est exact...

— Nous sommes hélas contraints de vous signifier qu'un problème majeur s'oppose à votre inscription et donc à votre participation au marathon.

— Un problème ? Quel problème ?

— Veuillez bien nous laisser finir. Le problème dont je fais état concerne votre statut...

— Mon statut ?...

— Monsieur... s'il vous plaît... nous n'allons pas y arriver... Veuillez nous écouter sans nous interrompre constamment. Vous connaissez, je l'espère vivement, le règlement qui encadre cette grande manifestation internationale. En tout cas, vous ne pouvez pas vous prévaloir de l'ignorer. Or donc, ce règlement et les grands principes retenus dès le congrès fondateur de la rénovation olympique qui s'est tenu en France à la Sorbonne il y a deux ans stipulent clairement que seuls les amateurs sont autorisés à participer...

— Et alors ? questionne Carlo.

— Et alors monsieur, vous n'êtes pas amateur. Mais professionnel.

— Professionnel, moi ? Mais professionnel de quoi et depuis quand ? s'insurge Carlo.

— Le fait que vous ayez gagné une somme d'argent à l'occasion d'une course que vous avez remportée entre Turin, dans votre pays, et Barcelone, en Espagne, indique que vous avez déjà couru dans le but de gagner de l'argent. Vous êtes donc considéré comme étant professionnel. Un amateur n'aurait jamais accepté de recevoir une telle contrepartie sonnante et trébuchante.

— Mais ce n'est pas possible messieurs, vous ne pouvez pas me faire ça, c'est injuste, savez-vous au moins combien j'ai gagné, c'est-à-dire rien ou presque, vous entendez ? Je... s'emporte Carlo.

— Monsieur, nous vous prions de rester digne et calme, ordonne le triumvirat indisposé par cette révolte. Votre dossier a été longuement et impartialement examiné. Le diadoque Constantin qui préside le comité d'organisation a finalement tranché avec la plus grande impartialité que son haut rang et son immense sagesse exigent et garantissent. Les grands principes olympiques ont été convoqués et nous contraignent à prendre une décision difficile. Celle de ne pas pouvoir vous inscrire à cette épreuve. C'est ainsi. L'affaire est close et sans appel.

— Les grands principes olympiques ! hurle Carlo. Mais de quoi parlez-vous, bande d'immondes cornus ? Je viens d'avaler 1 300 kilomètres en courant pour venir ici. Jamais vous ne marcherez autant dans vos putes de vie, ni vos enfants ni leurs enfants et toute votre descendance de chiens et de bâtards. Vous êtes des fumiers, des salopards, des cloportes, des...

Et l'on emporte vigoureusement Carlo loin du prétoire qui vient de le condamner. Le Milanais s'agite et Sanminiatelli, surpris par cette issue, se lève d'un bond pour essayer de dissuader le pugilat. En vain. Il y a des coups. Carlo corrige un des nervis qui saigne de la lèvre et reçoit un poing rageur dans l'estomac. Une pluie de gifles s'abat. L'appariteur narquois du début prend soin de ne pas intervenir. Un sourire dégoûté occupe maintenant son visage comme si son premier sentiment, dans le fond, n'avait été qu'une juste et inexorable prémonition à l'encontre de ce paysan italien. Un dernier "fils de puuuuute" résonne dans ce si bel endroit avant de retrouver l'indolence, le feutre et la pompe habituels.

Dehors, il faut du temps à Sanminiatelli pour calmer Carlo. Il rugit, pleure, maudit le prince héritier, toute sa famille depuis l'aube des temps et jusqu'à la fin du monde, donne des coups de pied dans des murs en pierre et veut même abattre de son piédestal une sculpture antique qui représente un dieu inconnu. Maintenant, Carlo désire tout tuer de ce pays et de ces gens. Tout désintégrer de tous ses contradicteurs.

Le soir venu, après d'interminables palabres, après une tentative de joindre l'ambassadeur Dossi, en vain, après une longue errance loin de ce vilain palais et de ses mauvaises gens, Sanminiatelli réussit à convaincre Carlo de partager un dîner. Carlo n'a plus faim. Il n'a plus envie de rien. Un gouffre s'est ouvert sous ses pieds si vaillants. Il a de la fièvre et le besoin de vomir. Peut-être même songe-t-il un instant à en finir. Sanminiatelli essaie de trouver les mots adéquats, ceux qui sauraient exprimer sa compassion tout en lui faisant entendre sa propre révolte et sa colère. Il croit opportun de lui citer un des sermons de saint Augustin, extrait des "Scandales présents", qui reconnaissait combien le monde vieux parfois, haletant de vétusté, grouillant de charogne, succombe souvent, mais qui assurait aussi comment un jour, la jeunesse et l'espoir se renouvellent. Mais il se ravise et pose la main sur l'épaule de Carlo en signe profondément fraternel. Carlo dit, les yeux perdus dans le vide : “À quoi peut-on se rattacher, Donato ? Que peut-on croire ? Qu'est-ce qui prévaut dans ce monde pourri ?” Sanminiatelli lui laisse purger cette insondable déception qu'il partage de tout son être. Pour la première fois, ils se tutoient.

— Je te comprends Carlo, si tu savais combien je te comprends. Ces gens t'insultent comme ils m'insultent, comme ils insultent notre pays et tout notre honneur et toute notre intelligence et tout notre courage. Je n'en resterai pas là. Je ferai savoir cette crapulerie. Cette combine. Parce que c'en est une, Carlo.

— Plus la peine de dépenser ton temps, ton argent, ton énergie, Donato. Tu as beaucoup fait pour moi. Je ne l'oublierai jamais. Très bientôt, je retournerai dans mon monde et tu retrouveras le cours normal de ta vie qui t'appelle à de hauts projets, gémit Carlo. Pour moi, l'histoire est finie. J'ai tout mis dans cette guerre, parce que ce fut une guerre, Donato, toi tu le sais. J'ai affronté ce que peu de personnes seraient capables d'endurer. Et voilà comment on me traite. Trois merdeux et un roitelet d'opérette décident de mon sort parce que j'ai gagné quelques pesetas à Barcelone. Tu parles d'un enrichissement ! Je n'ai jamais connu le sentiment d'avoir de l'argent. Chez nous, depuis des générations, nous ne savons pas ce que signifie le poids des pièces dans la poche, et encore moins celui des billets. Et on me parle d'argent, de professionnalisme, tout cela parce qu'ils ne veulent pas que je coure et que j'enfonce leurs putains de coureurs grecs. Merde à tous ces imposteurs. À ces salauds. Meeerde à la Grèce. Meeeerde au roi. Merde aux Jeux. Qu'ils crèvent. Tous.

16.

"PRÉPARE LA COURONNE FAITE DE LA BRANCHE IMMORTELLE"

Les Jeux de la première olympiade s'ouvrent le lundi 6 avril 1896. Dans le calendrier julien en usage dans le pays, ce jour-là correspond à la fête nationale grecque commémorant le soulèvement de la guerre d'indépendance contre l'Empire ottoman, le 25 mars 1821. Dans les rues d'Athènes, au fronton de tous les bâtiments pavoisent des banderoles multicolores, des couronnes de fleurs, des étendards qui annoncent l'événement. O. A. initiales grecques pour Ολυμπιακοί Αγώνες. Jeux olympiques. Et les dates : 776-1896. Le matin, la famille royale et les organisateurs assistent à un *Te Deum*. Pendant ce temps, la foule afflue vers le stade Panathénaïque où se tiendront les Jeux jusqu'au 15 avril. Prix d'entrée : deux drachmes. Une police olympique assure l'ordre. On la reconnaît à son pantalon noir, sa veste cerise et son casque blanc.

La cérémonie d'ouverture a lieu dans le stade. Pour l'occasion, le stade antique a été entièrement rénové. Le nouveau stade accueille 80 000 spectateurs autour d'une piste allongée, conforme à ce qui se faisait dans l'Antiquité : longueur de 200 mètres, virage très serré. Il est reconstruit entre deux collines couvertes de pinèdes, dans une conque, entre le quartier de Pangráti et celui de Mets.

C'est le milliardaire Georges Averoff qui l'a financé, à la demande du prince Constantin. Le stade a été reconstruit en 1895, avec un superbe marbre blanc provenant du mont Pentéli. En remerciement de ses contributions, une statue le représentant est érigée devant le stade. Averoff, de son vrai nom Augéros, est né en Épire. Il s'est expatrié en Égypte, où il a fait fortune dans le négoce du coton et des céréales.

Cette statue cache la forêt de tout ce qui a précédé douloureusement l'événement sportif. En 1893, les finances de la Grèce courbent l'échine. La dette représente un tiers du budget du pays. Les banques européennes réclament leurs garanties. Elles veulent se payer sur les ventes de bois, de sel, de pétrole. Partout en Europe, les emprunts grecs ont aiguisé les appétits. Au début des années 1890, la catastrophe financière se construit pierre après pierre tandis que la politique des grandes puissances, France, Russie, Angleterre, invente une situation invraisemblable depuis des décennies, laquelle contribue à ce fiasco prochain.

En 1862, le roi Otton a été chassé du pouvoir. Fils du roi de Bavière, un monarque de seconde zone, il avait débarqué en Grèce avec ses fonctionnaires, quatre mille soldats bavarois et dans ses caisses, un prêt de 60 millions de francs-or. Catastrophe déjà. C'est Georges Ier, un Danois, qui le remplace tout en laissant en place corruption, bureaucratie, militarisation et déficit qui conduiront à la situation de 1893. Catastrophe toujours.

Le 6 avril 1896, les délégations nationales pénètrent dans le stade. À 15 h 15, la famille royale et la cour font leur entrée, menées par le souverain Georges Ier et sa femme Olga. Ils sont accueillis par le prince héritier Constantin, duc de Sparte, président du Comité d'organisation des Jeux olympiques. On joue l'hymne national. Le diadoque Constantin prononce un court discours demandant l'indulgence des participants pour les problèmes d'organisation qui pourraient survenir, liés au manque de temps et d'expérience pour la préparation des Jeux. Il insiste sur le fait que les Jeux lient définitivement la jeune Grèce au monde civilisé occidental. Il accueille les sportifs du monde entier et souhaite que ce renouveau de l'activité physique et son rôle moral soient une inspiration pour la jeunesse grecque. Son père proclame officiellement l'ouverture des Jeux olympiques. Neuf orchestres représentant six cents musiciens et un chœur de cent cinquante chanteurs interprètent l'hymne olympique composé par Spýros Samáras sur les paroles du poète Kostís Palamás. La foule vibre. L'hymne immensifie l'esprit antique et éternel, les campagnes et les mots, l'acier et la dignité, le pourpre et la blancheur.

Esprit antique et éternel, créateur auguste
De la beauté, de la grandeur et de la vérité
*Descends ici, parais, brille comme l'*éclair,
Dans la gloire de la terre et de ton ciel.

Dans la course et la lutte et le poids
*Des nobles jeux éclaire l'*élan,
Prépare la couronne

Faite de la branche immortelle,
Et donne au corps la force
De l'acier et la dignité.

Les campagnes, les monts,
Les mers brillent autour de toi,
Comme un grand temple fait
De pourpre et de blancheur,
Et dans le temple ici accourent tous les peuples
Pour se prosterner devant toi,
Esprit antique et éternel.

La foule s'enthousiasme. Le roi demande que l'hymne soit joué une seconde fois. Ensuite, les vingt et un coureurs du 100 mètres entrent dans le stade et les Jeux commencent. Bientôt les premiers vainqueurs reçoivent une médaille d'argent. Les seconds obtiennent une médaille en cuivre, une branche de laurier et un diplôme. L'olivier et le laurier ont été cueillis sur le mont Olympe. Comme les rameaux qui seront offerts en 1936 par Spiridon Louis à Hitler.

17.

"CE STADE EST FORT BEAU"

Carlo aussi se trouve dans le stade à cet instant de l'ouverture. Il ignore que Charles Maurras, assis quelque part dans l'enceinte sportive, butine toute une ruche de détails pour écrire son prochain article. Jamais, bien entendu, Carlo n'entendra parler de ce Provençal, nourri aux humanités gréco-latines. Jamais il n'aura l'occasion de savoir un peu de ce chantre d'une conception classique de la "véritable" pensée française, engagé tout entier contre les excès irrationnels du romantisme, qu'il considérait comme une forme de décadence. Jamais Carlo ne devincra le "nationalisme intégral" de Maurras qui repose sur la condamnation des erreurs commises depuis la Révolution française, le rejet de tous les principes démocratiques, jugés contraires à l'inégalité naturelle, le retour enfin à une monarchie héréditaire. Jamais il n'aura idée qu'en 1940, en France, Maurras saluera comme une "divine surprise" l'arrivée du maréchal Pétain au pouvoir. Pendant l'Occupation, il se fera, avec toute sa vigueur polémique, l'apologiste du gouvernement de Vichy et l'inspirateur de la politique de Collaboration. En 1938, le poète, essayiste, homme politique, journaliste sera reçu à l'Académie française au fauteuil numéro 16. Ce jour-là, il portera une épée créée par le joaillier Mellerio. La poignée représentera sainte Geneviève protégeant de ses mains un écu fleurdelisé posé à la proue d'une nef d'où se détache le chapiteau de pierre "bucrane" qui orne la terrasse de la maison familiale du chemin de Paradis, à Martigues. Des vagues évoqueront la vocation de marin à laquelle Maurras dut renoncer à cause de sa surdité. Elles battront contre un mur de pierres surmonté de merlons. Deux cyprès d'émeraudes, les armes de la Provence et de Martigues, un ciel où brille une Grande Ourse de diamants, le château de Versailles, flanqué des armes de France et de Versailles, surmonté du bouclier d'Orion, une petite amphore grecque qui termine le fourreau de l'épée : voilà tout l'univers de cette arme d'Immortel. Martigues où Carlo avait couru non loin, comme une bête, des mois plus tôt pour rallier Barcelone, le lieu et la course de sa perte.

Charles Maurras se trouve à Athènes pour le compte de *La Gazette de France* qui publie ses *Lettres des Jeux olympiques* entre le 15 et le 22 avril 1896. Six lettres qui formeront, en 1901, le premier livre d'*Anthinéa*.

Première lettre. Premiers mots. Maurras s'adresse au directeur de *La Gazette*, Gustave Janicot : "Ne demandez pas de nouvelles des Jeux olympiques"... Jamais, les Jeux ne semblent le passionner ni même vraiment retenir son attention. Il vogue vers la Grèce, Athènes et tout ce que sa culture de l'antique excite. À bord de *L'Ortégal*, celui qui ne s'imagine guère en chroniqueur sportif lit le second chant de l'*Iliade* et quand il pose le pied sur le sol de "l'aimable Arène", il file immédiatement à l'Acropole se baigner dans une lumière exquise, goûter ce paysage sous un ciel "à la fois très pur et divinement nuancé".

Il faut attendre la seconde lettre pour découvrir le stade où se tiendront les Jeux. Maurras écrit : "Ce Stade est fort beau. (...) Figurez-vous, au flanc du mont Hymette, un monument de forme antique, dont la matière neuve, le marbre fraîchement coupé et poli, répond d'un éclat doux, point aveuglant, mais net au ciel varié de l'Attique. (...) C'est une sorte de large avenue fermée, arrondie à son extrémité. C'est un U couché au sol et renversé. Tapissez de gradins les branches parallèles et la bouche du fond de l'U. Appuyez cette boucle et ces branches à un amphithéâtre de collines violettes et grises, presque sans herbe, mais d'où viennent de légères brises parfumées de lavande. Enfin, faites couler devant l'ouverture de l'U un petit fleuve aux ondes lentes et timides entre des massifs de lauriers roses encore défleuris, et que cette onde rare s'appelle l'Ilissus. Vous avez le Stade d'Athènes."

Dans le stade, Carlo a du mal à identifier les personnalités. Comment le pourrait-il ? Il ne connaît personne et ses yeux ne cherchent pas cet éclat-là. Toutes ses pensées vont à la piste, aux épreuves, à la course qui viendra bientôt. Le prestigieux aréopage, en revanche, amuse Maurras. Il voit le roi Georges Ier et à sa gauche la princesse royale, femme du diadoque Constantin. "C'est une fort belle personne à cheveux blonds qui semblent naturellement ondulés, qui brillent d'un éclat singulier à l'air de la Grèce." Ses deux enfants sont vêtus en matelots, "comme tous les petits garçons de l'univers". "On dirait deux myosotis." Voici encore le jeune roi de

Serbie, la princesse Marie, fille du roi de Grèce, “une vraie petite Gretchen dont les fiançailles ont été célébrées la semaine précédente avec le grand-duc Georges de Russie placé à sa droite. C’est un grand homme à fortes moustaches châtaines. Les Athéniennes sont unanimes à regretter qu’il se cache le front sous la visière d’une casquette horrible ; il en faudra tomber d’accord avec elles : nos amis russes gagneraient à sacrifier ce petit fromage rose et vert qu’ils s’enfoncent au sinciput”. Après le grand-duc, toujours sur la droite se tiennent les derniers infants de Grèce, vêtus, eux aussi, en marins. “Le teint transparent, les yeux d’un bleu pâle, tous deux font songer comme leur sœur aux gouffres de l’océan hyperboréen, au feuillage de la forêt hercynienne.”

“Patience, invite Maurras. Je gage que tout ce monde sera vite hellénisé. Ce peuple hellène absorbe et digère tous les barbares qu’il lui plaît, et cette famille régnante semble absolument disposée à tout admettre, à tout permettre, à tout souffrir.”

Après la famille royale grecque, voici encore le colonel Papadiamantopoulos, aide de camp du roi grec et tout le corps diplomatique, les députés, leurs épouses, leurs filles. Et aussi, comme Maurras l’écrit, les collines environnantes, “couvertes de peuple”.

18.

L'ÉPREUVE

Le 6 avril, le clairon retentit pour annoncer la première série du 100 mètres. Le premier champion olympique de l'ère moderne est l'Américain James Brendan Connolly, étudiant de Harvard, avec 13,71 mètres au triple saut, devant le Français Alexandre Tuffèri, qui habite Athènes (12,70 mètres), et le Grec Ioánnis Persákis (12,52 mètres). Edwin Flack (Australie) en 2 minutes 10 secondes et Albin Lermusiaux (France) remportent leur série du 800 mètres. Au lancer du disque, Robert Garrett de l'université américaine de Princeton (29,15 mètres) devance les Grecs Paraskevópoulos (28,95 mètres) et Versís (28,78 mètres). Le public manifeste sa grande déception. Les deux séries du 400 mètres sont dominées par les Américains Jamison et Burke.

Le soir, pour célébrer la première journée de compétition et la fête nationale, la ville est illuminée comme personne ne l'a jamais vue auparavant. Carlo traîne dans les rues. Sanminiatelli lui a proposé de le rejoindre dans un grand café avant d'aller dîner. Un journaliste grec veut écrire un article sur ce qu'il nomme le *scandale* des jeux. Carlo a décliné la proposition.

Le 7 avril, la litanie se poursuit. Carlo ne se rend pas au stade. Les épreuves du jour ne l'intéressent pas du tout. À 10 heures débutent les concours d'escrime au Zappéion, le palais de l'Exposition. Une estrade a été dressée au centre de la grande enceinte circulaire. Une société philharmonique a pris place dans la galerie qui surmonte la colonnade. Les spectateurs sont assis tout autour de l'estrade. La famille royale fait son entrée et va s'asseoir aux sièges d'honneur. La musique exécute l'hymne royal. Au fleuret, au douzième assaut, l'étudiant de vingt ans Eugène-Henri Gravelotte, élève de la salle du maître d'armes Carrichon à Paris, est vainqueur de son compatriote et ami Henri Callot par trois touches à deux. Il devient le premier lauréat olympique français, avec quatre victoires, devant Callot, trois victoires, et le Grec Periklis Pierrákos Mavromichális, deux victoires. C'est le roi en personne qui remet sa coupe d'argent à Gravelotte. Médecin-major au gouvernement militaire de Paris, le Français s'illustrera pendant le premier conflit mondial. Croix de guerre, officier de la Légion d'honneur.

Au stade, pendant ce temps, on lance le poids. Garrett, avec 11,22 mètres, ne devance que de 2 centimètres le Grec Miltiádes Goúskos. Deux séries se courent sur 100 mètres haies. L'une est remportée par l'Anglais Grantley Goulding. L'autre par l'Américain Curtis. Trois Américains dominent le saut en longueur : Ellery Clark avec 6,35 mètres, Garrett, 6,18 mètres et Connolly, 6,11 mètres. Ils précèdent deux Français : Tufferi (5,98 mètres) et Grisel (5,83 mètres). Sur 400 mètres, l'Américain Burke devance largement son compatriote

Jamison. Dans l'épreuve du 1 500 mètres, Lermusiaux, du Racing Club de France, anime la course, mais l'Australien Flack l'emporte nettement devant Arthur Blake et le Français.

Carlo n'a pas quitté sa pension ni même le lit de sa chambre. Les mains croisées derrière la nuque, il fixe le plafond de longues heures durant. De la rue fusent parfois des rires et des hourras. La vie s'anime si près de lui, témoin de sa propre mise en cage. C'était donc ça la vie, des efforts considérables, un engagement de guerrier et à l'arrivée, la sanction, la punition, l'humiliation. La solitude dans une chambre d'Athènes. C'est notre sort de vivre sous ce joug invisible de l'ordre naturel des choses, il se dit. Jamais la petite lumière ne se libérera du boisseau. C'est facile pour des gens comme Sanminiatelli d'avoir des idées, des projets, des ambitions. C'est certainement rude d'être ambassadeur comme Dossi, mais dans le même temps le tapis est souple pour ceux de sa catégorie. Pour moi et pour ceux qui me ressemblent, la pierre est intraitable sous la foulée, elle blesse chaque pas, alors chaque articulation s'emmure dans une douleur et l'aventure devient odieuse, barbare. Mais nous continuons, nous croyons au miel et à la gloire possibles et nous en crevons. Et papa, et maman et Gioia et tout ce que j'ai abandonné là-bas. Jamais je n'aurais dû m'infliger cette peine et venir dans ce pays de démons et de tricheurs.

Le 8 avril, aucune épreuve d'athlétisme. Sanminiatelli parvient à convaincre Carlo de l'accompagner jusqu'au cap Sounion. Ils prendront l'air, ce sera bien. En route, dans une calèche pittoresque, Sanminiatelli tente de capter l'attention de Carlo. Il lui confie que Homère qualifiait ce lieu exceptionnel, de promontoire sacré de la Grèce, et qu'un grand poète anglais, Lord Byron, a gravé son nom dans la pierre du temple de Poséidon. Tu vas voir un endroit que tu n'oublieras jamais, Carlo. Mais Carlo pensait : dans deux jours, je vais voir une course qui va me crever les yeux et le cœur.

Le 8 avril pendant l'escapade du duo dans les lumières divines du cap enchanteur, l'épreuve de tir a lieu à Kallithéa où les stands, bénis par le clergé, sont inaugurés par la reine qui donne le premier coup de feu. Cent onze concurrents grecs, trois danois, deux américains, un français, un italien et un suisse sont inscrits. Les premiers matchs de lawn-tennis se jouent près des colonnes de l'Olympeion. Au vélodrome du nouveau Phalère, la course de 100 kilomètres se dispute à vélo. Trois cents tours. Neuf partants, deux arrivants. Le Français Léon Flameng devance le Grec Yeóryios Koléttis de onze tours en 3 heures 8 minutes 19 secondes. Léon Flameng n'a que dix-neuf ans. Après les Jeux, il se consacrera à l'écriture, roman, nouvelle, récit d'aventures, signera un succès avec *Précis de botanique à l'usage des candidats aux écoles nationales d'agriculture* et mourra pour la France le 2 janvier 1917, aux commandes d'un biplan.

Le 9 avril, l'étudiant en droit Pantelis Georgiadis remporte le sabre devant Karakalos, sous-lieutenant d'artillerie. Des Grecs. Au stade, trois coureurs seulement prennent le départ de la finale du 800 mètres. Lermusiaux a déclaré forfait. Flack gagne en 2 minutes 11 secondes devant le Hongrois Nándor Dáni et le Grec Golémis, loin derrière. Pendant l'après-midi, les Allemands forcent le respect aux barres parallèles par équipes devant deux associations grecques. Ils maîtrisent aussi la barre fixe par équipes, le saut de cheval avec Carl Schuhmann, la barre fixe avec Weingärtner et Flatow. Le Suisse Zutter est le plus fort au cheval-d'arçons. Aux anneaux, la victoire du Grec Yoánnis Mitrópoulos enfièvre les gradins.

Maintenant, c'est le 10 avril.

Carlo n'entend plus, ne voit plus, ne parle plus. Tous ces noms disparaîtront dans les brumes du temps, gronde-t-il. Mais le marathon, non. Le marathon restera et je n'y serai pas. Je n'apparaîtrai pas dans les livres, les journaux. On ne se retournera pas sur mon passage ni à Milan, ni à Origgio, ni à Saronno. Je n'appartiendrai jamais à cette mémoire. C'est une belle saloperie que ces sales Grecs m'infligent. À cet instant, il serait capable du pire contre les trois scélérats du palais du prince, les égorger, oui, les égorger, contre le prince lui-même, ce pitre emplumé qui ne servait à rien, contre quiconque aurait osé lui jeter un regard déplaisant ou lui adresser la parole d'une manière inopportune. Carlo a le goût du sang dans la bouche. De la vengeance dans le ventre. De la haine entre les mains.

Depuis le milieu de la matinée, près de soixante-dix mille spectateurs convergent vers le stade. D'autres milliers s'installent sur les collines alentour. Les autorités ont décidé de réduire le prix des places.

C'est le jour de l'arrivée du marathon. Une fête nationale. La fête des gredins, fulmine Carlo.

À 14 heures, le colonel Papadiamantopoulos donne le départ de la course à Marathon dans une cohue indescriptible. L'officier est celui qui a convaincu Spiridon de participer à cette course. Il a connu le berger pendant son service militaire. Spiridon n'a que vingt-trois ans, il mesure 1,60 mètre, il est sec comme une racine d'arbousier. Il court depuis toujours à la façon d'une chèvre dans les rocailles. Les voilà partis, les coureurs, que précèdent des officiers à cheval et des cyclistes qui soulèvent un nuage de poussière. Les coureurs s'étouffent, protestent, se résignent à ce festin de terre. Une charrette suit le cortège. Elle transporte des médecins. Les hommes sont partis pour accomplir 40 kilomètres. Les 42 kilomètres et des brindilles seront gravés dans le marbre en 1908, à Londres. Les Anglais inventent toujours des singularités. Pour l'heure, ce sont 40 kilomètres et cela suffira pour les coureurs. Pendant les 10 premiers kilomètres, l'allure est partagée, le groupe homogène, un peu fébrile, impressionné. Au passage des marathoniens, des femmes se signent. Des hommes tendent des verres de vin. La course finit par se décanter. Le Français Albin Lermusiaux prend les commandes et se détache de l'Australien Flack et de l'Américain Blake. Après cinquante-deux minutes de course, Lermusiaux passe en tête à Pikermi, devançant Flack, Blake et Kellner. Il galope toujours premier à Karvati. Blake a abandonné après vingt-trois kilomètres. Vassilakos se classe alors troisième. Vainqueur sur 800 mètres et sur 1 500 mètres, Flack rit encore de se voir si beau en son miroir. Mais l'aventure se noue. Spiridon Louis accuse du retard. Sur son passage, il recueille des encouragements venus du fond des gorges où la grande idée est née, veut absolument être née. L'ancien porteur d'eau ne s'affole pas. Il connaît ses routes, son pays, les effets d'un soleil dont les autres concurrents ignorent quel assommoir peut martyriser de la sorte. Qui a ceint la tête de Lermusiaux d'une couronne d'olivier ? Quelle étrange idée ? Maintenant, le Français souffre cruellement dans une pente raide. Peu après le trentième kilomètre, il se plaint de maux de ventre, s'arrête et son compatriote Adolphe Grisel, qui le suit à bicyclette, essaie de le soulager avec un onguent dont il lui masse les jambes. Lermusiaux repart mais le rythme est perdu, il se perd, les crampes l'assaillent. Le rêve s'arrête sur un bas-côté à huit kilomètres de la ligne d'arrivée. Grisel se désole mais il ne peut plus rien. Un drôle d'athlète ce Grisel. Membre du Racing Club de France, il est l'un des meilleurs représentants français en saut en longueur. À Athènes, il est l'athlète français qui s'inscrit au plus grand nombre d'épreuves. Au 100 mètres, au 400 mètres, au lancer de disque et de poids, au saut en longueur. Aux épreuves de gymnastiques et d'haltérophilie aussi. Il a en revanche déclaré forfait pour les épreuves de natation. Grisel était également rugbyman. Ancien des Beaux-Arts de Paris, il deviendra architecte.

À ce moment de la course, Flack ne fait qu'une bouchée de Lermusiaux auquel il ne jette même pas un regard. Spiridon le talonne. Spiridon arrive à son niveau. Spiridon le double. Flack essaie de tenir la cadence. C'est un enfer. Le berger grec, le porteur d'eau, court comme une créature mythologique. Plus de raisonnement, plus de stratégique mais quelque chose d'animal. De minéral. L'intelligence sourde de la pierre qui dévale la montagne.

Du trente-troisième au trente-sixième kilomètre, Flack se maintient à moins de vingt mètres du Grec. Mais la foulée de son concurrent le crucifie. Alors Louis accélère à la façon d'une machine infernale que l'Américain n'a jamais éprouvée auparavant. Comment ce gringalet fait-il ? Que se passe-t-il ? Je ne sais plus mes jambes, mon souffle me manque, l'esprit de Flack s'embrouille, Flack voit trouble, il ralentit, chancelle, s'effondre en arrivant à Ambelókipi. Il ne reste plus que trois kilomètres. Spiridon a noyé loin derrière ses poursuivants, son compatriote Vassiliakov et le Hongrois Kellner. Velokas, un autre Grec, est toujours dans le coup. Mais il sera disqualifié pour avoir fait une bonne partie de la course dans une charrette. Spiridon sait désormais que la course lui appartient. Lorsqu'il arrive dans les faubourgs d'Athènes, une clameur le saisit. Une affaire paranormale. À mesure que le stade approche, il sent le hourvari de la foule comme une pression atmosphérique. En pénétrant dans l'enceinte sportive, il entend un cri de jouissance envahir les cieux. La foule exulte. Ligne d'arrivée. Triomphe. Le roi Georges l'étreint au risque de l'étouffer. On pense déjà à la statue qu'on lui dressera. Les fanfares joueront toute la nuit. Les feux d'artifice éclaireront le pays tout entier. Une forme de *delirium tremens* a envoûté les Grecs.

Carlo voit cela. Carlo assiste à ce funeste opéra. Carlo souffre. Il voudrait se transporter dans un autre siècle, dans une île ignorée des cartographes, dans un monastère inaccessible même à la foi. Il voudrait s'engloutir dans les gravats d'une cathédrale effondrée sur ses épaules. Il voudrait déjà être mort.

19.

FIN DE PARTIE

La suite a encore moins d'intérêt pour Carlo que tout ce qui a conduit à ce funeste 10 avril, 14 heures, à Marathon.

Le 11 avril, le lutteur allemand Carl Schuhmann met au tapis le Grec Giorgios Tsitas. Au tir au revolver, l'Américain Sumner Paine atteint mieux les cibles que le Danois Viggo Jensen. Au pistolet de vitesse, le Grec Frangoúdis et son compatriote Orfanídis montent sur la première et la deuxième marche du podium. En cyclisme, la France brille. Paul Masson remporte de deux secondes le sprint (2 000 mètres) devant Stamátios Nikolópoulos, le 10 kilomètres devant Flameng, ainsi que le tour de piste devant Nikolópoulos, encore. En lawn-tennis, l'Irlandais John Pius Boland bat le Grec Dionýsios Kásdaglis (7-5, 6-4, 6-1). La paire anglaise et allemande Boland-Fritz Traun balaie les Grecs Kasdaglis-Petrokókkinos (6-2, 6-4).

Quelle importance que tout ce cirque ? maugrée Carlo que le désir d'en être, *d'être en piste*, avait pourtant conduit aux limites de l'Europe, si loin de ses bases lombardes, après un effort aussi absurde que rocambolesque sur des routes inhospitalières, venteuses et menacées par les loups du Velebit. Tous ces types ont bénéficié des meilleures conditions pour voyager et se préparer. Maintenant, ils font leur numéro de sportifs. Quelle idée que le sport ! Moi je ne fais pas *du* sport. J'engage mon corps tout entier et mon âme et mon histoire et mon sang pour vaincre ce que l'architecture du monde ne veut pas qu'ils voient, tout ce dont l'ordre invisible ne veut pas qu'ils rêvent. On m'aura même privé de cette seule joie. Eux, là, les flamboyants, les maudits vivants, ils paradent, ils gagnent, ils perdent mais au moins, ils participent. Ils auront construit une part de ces Jeux. Une portion d'eux restera ici pour toujours, comme une pierre, ne serait-ce qu'un gravier dans le mur. De leur sueur naîtra quelque olivier un jour. Pour moi, c'est la fin des illusions. Que vais-je faire de ma vie à présent ?

Le même jour, les épreuves de natation se disputent dans l'eau troublée du Pirée, dans la baie de Zéa. Le Hongrois Alfréd Hajós réalise le doublé, sur 100 mètres et sur 1 200 mètres. Pour l'épreuve de longue distance, les nageurs sont lâchés en pleine mer depuis un bateau, et contraints de regagner la côte à la nage. Une fois à terre, Hajós déclare que son "instinct de survie était plus fort que (sa) rage de vaincre". Le Grec Ioánnis Maloníkis remporte le 100 mètres réservé aux représentants de la marine. L'Autrichien Neumann arrive premier du 500 mètres qui ne compte que trois partants.

Le 12 avril, tir au fusil à 300 mètres. Orphanidis devance Phrangoudis et le Danois Jensen. Et cyclisme. La course sur route emprunte un parcours de 87 kilomètres.

Athènes-Marathon. Marathon-Athènes avec arrivée au vélodrome du Phalère. Six concurrents. Le Grec Konstantinidis caracole devant l'Allemand Goedrich et l'Anglais Battell. Le roi offre un déjeuner de deux cent cinquante couverts dans la grande salle du palais. Une retraite aux flambeaux regroupe, de 21 heures à 23 heures, tous les corps constitués.

Le 13 avril : régates de voile annulées – la météorologie ne permet pas les épreuves – et cyclisme. Une épreuve de douze heures au vélodrome.

Le 14 avril, la pluie ne cesse pas. Le couronnement des vainqueurs est reporté.

Le 15 avril, à nouveau, le stade Panathénaïque est comble. L'entrée est libre. La famille royale s'installe à 10 h 30. George Stuart Robertson, spécialiste du lancer du marteau, engagé pour les Jeux dans l'épreuve du lancer du disque et dans le tournoi de tennis, déclame une ode en vers pindariques. Elle touche le roi qui nomme l'athlète-poète dans l'Ordre du Sauveur. Après les Jeux, Robertson deviendra avocat à Londres.

Vient maintenant l'appel de chaque lauréat à qui le roi remet une branche d'olivier de l'Altis d'Olympie, un diplôme et une médaille en argent. Les deuxièmes reçoivent une branche de laurier et une médaille de bronze, œuvre, comme celle d'argent, du Français Jules-Clément Chaplain, Prix de Rome en 1863, connu pour ses pièces de 10 et 20 francs-or du système monétaire français, frappées de 1899 à 1914. Connu également pour les médailles dessinées à l'occasion des Expositions universelles de 1867, 1878 et 1900. Sur l'avers de la médaille d'Athènes figure le portrait de Zeus tenant dans sa main un globe surmonté de la victoire ailée avec l'inscription "ΟΛΥΜΠΙΑ". Sur le revers le site de l'Acropole avec l'inscription "ΔΙΕΘΝΕΙΣ · ΟΛΥΜΠΙΑΚΟΙ · ΑΓΩΝΕΣ ΕΝ · ΑΘΗΝΑΙΣ · 1896".

Les Jeux sont terminés. La cérémonie s'achève par un défilé des athlètes sur la piste, Spiridon Louis en tête. Le roi Georges se penche vers Coubertin et lui murmure : "Monsieur de Coubertin, je sais ce que nous vous devons."

Le 16 avril, un banquet d'adieu réunit les athlètes étrangers.

Depuis six jours, Carlo n'a pas remis les pieds au stade. Il maudit ce lieu pour toujours. On le voit à Athènes, traîner dans des quartiers éloignés où il marche sans but pendant de longues heures. Son corps abîmé lui réclame pourtant des kilomètres. Comme une drogue qu'impose l'addiction. Alors il marche. Une fois, il se met à courir, traverse la ville, la quitte, file vers le Pirée où des navires l'invitent à fuir vers une destination inconnue. Il demeure hagard sur un quai, assis sur des ballots de marchandise que des hommes taiseux transportent à bord. Il retourne à Athènes en marchant, battu comme un chien par un maître déraisonnable qui lui aurait infligé une correction sans motif. Pendant le trajet, il aperçoit un cheval dans un enclos. Il s'arrête, revoit celui de son enfance et aussi toute la horde des montures du show de Buffalo Bill à Milan. Le cheval ne lui accorde aucune attention. Même le cheval s'en est allé.

De retour à Athènes, il retrouve Sanminiatelli qui le convie au café Zounis pour déguster la fameuse crème glacée maison baptisée Victor Hugo. C'est un grand écrivain français, explique le comte à Carlo qui l'ignore et s'en moque. Il y a trente ans à peine, en 1867, Victor Hugo a écrit des choses importantes pour s'indigner des massacres des Turcs à l'encontre des populations à Arkadi en Crète et exhorter les gouvernements européens dont il dénonce "la conspiration du silence" à agir, ajoute Donato. C'était dans un monastère, en Crète. Six cents femmes et enfants, défendus par trois cents hommes. Tu te rends compte, Carlo ? Carlo se rend bien compte. Mais il flotte ailleurs. Sais-tu ce qu'un officier grec lui a répondu, Carlo ? "Poète, tu es lumière. Éclaire ceux qui nous ignorent. C'est par toi que nous vaincrons." Quelle allure tout de même, tu ne trouves pas ? Carlo trouve, bien sûr. Mais il trouve aussi que depuis quelques minutes, des Grecs le regardent avec insistance et des sourires suspects. Trop d'insistance et trop de sourires. Donato le remarque. Et quand Carlo redresse le buste et se tend comme s'il allait se lever brutalement et distribuer une pluie de gifles à ces importuns irrespectueux, le comte bloque le mouvement. Non, Carlo, inutile. Ces mesquineries ne te méritent pas. Souviens-toi de ce crétin qui t'a provoqué l'autre jour. L'honneur aurait commandé de le corriger, bien davantage que de parier de l'argent sur une revanche comme je l'ai fait en essayant de maîtriser ma colère. Parce que tout ce qui t'arrive et t'afflige me désole énormément. Mais tout cela n'engage que notre partie la plus sombre, Carlo. Maintenant, et toute ta vie durant, tu devras sortir de cette nuit. C'est cela ton destin, Carlo. Ce n'est pas celui dont tu rêvais mais de cette nouvelle épreuve inattendue, tu construiras une force et une sagesse. Carlo fait mine de comprendre. Il sait la profondeur des mots de Donato. Mais un filet d'eau ronge sournoisement ses cavités, ses fondations intimes et un jour, il craint que toute la masse ne s'effondre sur elle-même.

Donato le regarde maintenant avec gravité.

— Carlo, il faut que je t'annonce quelque chose. Je vais devoir retourner très prochainement en Italie. La grossesse de mon épouse avance. Je vais bientôt avoir un enfant, Carlo.

Carlo le félicite, essaie de trouver un peu de chaleur à lui communiquer, lui qui a tellement fait pour son aventure. Mais le cœur plane ailleurs. *Altrove.* Et cet ailleurs est un sombre miroir.

Fabio Sanminiatelli naît le 7 mai 1896. Son surnom sera Bino. En 1917, il fondera à Rome la revue d'avant-garde *Noi* dans laquelle il invitera des artistes tels que Tristan Tzara, Jean Arp, Vassily Kandinsky, tout en se rapprochant du mouvement Dada. La revue s'ouvrira ensuite aux futuristes et à la cause fasciste. En 1933, il recevra le quatrième prix Viareggio pour *Giocchi da ragazzi.* En 1936, Bino Sanminiatelli deviendra membre du directoire national du syndicat fasciste des auteurs et des écrivains, dont il sera exclu en 1937 pour "manque de sensibilité fasciste". Et aussi, à cause d'une photo où il figurera avec l'antifasciste Carlo Piacci et Maurice de Rothschild, un peu trop juif au goût du régime mussolinien. Bino Sanminiatelli s'éteindra en 1984.

Son père, Donato, a fermé les yeux en 1927. Il était sénateur depuis quatre ans. Il avait soixante et un ans et avait vécu assez longtemps pour connaître les grimaces de singe cynocéphale de Mussolini au balcon de la *piazza Venezia*, voir déferler sur Rome des cohortes de nervis vêtus de noir en gueulant comme des butors et comprendre que son fils pourrait bientôt adhérer à cette sinistre pantomime.

Lorsque Carlo apprend la mort du comte, quelques mois après son décès, alors que la vie a passé avec toute sa canaillerie et son insupportable familiarité, que l'armoire aux souvenirs est pourtant bien rangée, bien en ordre, que sa famille est constituée maintenant, femme, enfants, descendance promise et que les jours succèdent aux jours dans cette indélicatesse doucereuse du temps, Carlo pense encore à ce que Donato avait écrit à *La Bicicletta* : *Airoldi, le courageux et énergique jeune homme qui nous fait honneur...*, il pense encore à Athènes, et une émotion l'assaille.

20.

AU PUITS

La suite de la vie de Carlo Airoldi ne lui permit jamais de retrouver l'élan et l'énergie qui firent sa force et son ardeur avant 1896.

Il s'établit en Suisse en 1898. Il travaille à Berne et à Zurich. Le 4 septembre de cette année-là, il court un 5 000 mètres en 19 minutes et 45 secondes. Son adversaire est un cheval. Trois ans plus tôt, Buffalo Bill aurait vu de quel bois il se chauffait. En 1899, il prend part à la Paris-Marseille. Le 16 septembre 1900, il remporte la Fribourg-Berne. Il revient à Milan, file au Brésil pour chercher fortune et retourne à Milan en 1902 où il fonde enfin famille, organise des compétitions, dirige des sociétés sportives et s'ennuie.

La pointe de sel a fui le bout de sa langue. Mais l'amertume demeure. Himalayenne.

Il ne s'est pas intéressé aux Jeux de Paris en 1900, pas plus qu'il ne s'est passionné pour ceux de 1904 à Saint Louis aux États-Unis. Comment aurait-il fait pour se rendre aux États-Unis, il se demandait. Paris, c'est à portée de course : 860 kilomètres. Une bagatelle. Le plus dur ce sont les Alpes. Mais il aurait fait comme les éléphants d'Hannibal, dans l'autre sens.

En 1912, en 1920, en 1924, en 1928 : même indifférence. Les Jeux n'avaient pas voulu de lui. Il ne voulait plus en entendre parler. Que Michel Johann Théato remporte pour la France le marathon de 1900 : rien à foutre. Que l'Américain Thomas Hicks en fasse autant à Saint Louis : rien à foutre. Qu'on lui ait refilé des doses de strychnine et d'eau-de-vie pour qu'il finisse les 15 derniers kilomètres : rien à foutre. J'espère que cela a contrarié cette raclure de diadoque dans son beau palais, lui qui n'avait que de grands principes olympiques à la gueule. Que les Finlandais Hannes Kolehmainen et Albin Stenroos succèdent au palmarès en 1920 et en 1924 : toujours rien à foutre. Et que dire d'autre pour la victoire du Français Boughéra El Ouafi en 1928 ?

En revanche, en 1908, la mésaventure de Dorando Pietri à Londres révolte énormément Carlo. Pietri dispute le marathon olympique de Londres. Il entre le premier dans le White City Stadium. La chaleur est accablante. Il porte un mouchoir sur la tête, le dossard numéro 19 et il titube. Il se trompe de direction, il vacille, il tombe, on l'aide à se relever. La fin de course est un calvaire qu'il croit récompensé par une victoire. Mais les Américains portent réclamation. On a apporté un soutien à Pietri. John Hayes est donc déclaré vainqueur à sa place. La presse italienne s'insurge. Mais les faits sont tenaces. Une coupe est remise à Pietri. Mais une petite coupe de consolation. Carlo enrage. Tout lui revient au cœur, au ventre, aux tripes. Il revoit les trois salauds du palais, il voudrait encore les étrangler, leur planter une lame dans le foie, dans la gorge, dans le cœur, à eux et à toute leur descendance qu'il sacrifierait, les uns après les autres.

Lentement. Cruellement. Le sourire aux lèvres. Il revoit le stade, ce 10 avril 1896. Il regrette que pas une seule ligne n'ait été écrite pour dire que lui aussi, comme Pietri, a subi une insupportable injustice. Tout s'oublie toujours et c'est une peine. Il pense à Sanminiatelli dont il n'a plus jamais eu de nouvelles. À Dossi également. Deux ans plus tard, en 1910, il a appris sa disparition. À présent, la vie s'en allait de toute part. Elle s'effilochait. La vie de Carlo était une outre percée que plus personne ne conduisait au puits.

Je suis Carlo Airoldi. Dans mon rêve, mes pieds saignent, mon maillot à rayures est souillé, je reçois une branche de laurier, taillée dans une forêt magique en présence de divinités que je ne connais pas, elles me fixent, donnent de la huchée, se taisent puis psalmodient un chant étrange que j'aime entendre et qui finit pourtant par m'angoisser, je descends de cette forêt par des chemins tortueux qui témoignent de milliards et de milliards de passages avant moi, traces de pas, de sabots, de griffes, j'arrive au pays des hommes, nous sommes à Legnano, le jour où l'on érige pour la deuxième fois une statue qui célèbre les exploits du guerrier lombard Alberto da Giussano et de la bataille qu'il remporta ici même en 1176 contre l'empereur germanique Frédéric Barberousse, je brandis ma branche de laurier à laquelle personne ne prête attention, à l'exception de Garibaldi, nous sommes en 1862, sur le corso en direction de la place San Magno, le grand Garibaldi parle au balcon et exhorte la commune à célébrer ce héros de jadis, Garibaldi marque une pause et me salue d'un signe discret de la tête, lorsque j'arrive devant la sculpture en bronze qui vient d'être inaugurée, nous sommes le vendredi 29 juin 1900, je m'aperçois – et je suis le seul à vérifier cette exactitude – que le guerrier qui brandit le glaive, c'est moi, je n'en reviens pas, *et personne ne semble s'apercevoir de cette transfiguration, je décide d'aller défier Buffalo Bill sous sa tente où le goujat ne daigne même pas m'inviter à m'installer, j'insiste, on m'encercle, des cris de guerre indiens arrivent à moi, je les entends dans le lointain, maintenant que Buffalo voit mon glaive, il regrette cette incorrection, quelqu'un le glisse à mon oreille – pardon Carlo Airoldi, pardon, il implore – maintenant c'est l'immense foule du stade en marbre blanc qui demande ce pardon, la foule jette vers moi des rameaux d'olivier ou de laurier, je n'arrive pas à distinguer la différence, un monsieur se lève, des Grecs réclament le silence pour que M. Charles Maurras puisse s'exprimer, Charles Maurras clame ces mots comme une poésie antique,* Mais revenons aux Jeux. Je vous dirais qu'ils sont fort beaux, *une rumeur monte, un grondement de bête hargneuse, les gens applaudissent. Tout devant, un vaste océan s'enfuit de l'autre côté, vers chez moi, en Italie, mon continent, mes courses, mes parents, la fabrique, les grands magasins de Milan et la ferme, chaque jour qui passe est une joie – une joie ou une peine ? –, peut-être une pénitence, je suis parti aux Amériques avec une intention et aussi une pensée floue, – sont-ce les mots de Sanminiatelli citant je ne sais plus quel écrivain,* le monde n'est que boue ? –, *je voulais connaître la sensation du sable sous les pieds, avoir le goût des palmiers, de l'horizon si bleu, des eaux si vertes, que sont ces paroles que j'entends dans mon dos qui disent la forêt dense, celle qui plonge dans le pays, les rivières vastes et lourdes, si jaunes d'alluvions, tumultueuses, périlleuses, ai-je à nouveau le désir d'une autre traversée pour rentrer chez moi, aller plus loin que mes jambes ne le peuvent, traverser un océan, courir ailleurs, défier les chevaux, maintenant, je suis assis avec d'autres Italiens, à la table du Café de Trieste à Florianópolis, mes exploits n'intéressent plus personne, pas même moi, les autres parlent, échangent des nouvelles, livrent des bribes de courriers arrivés l'autre jour du pays, ils évoquent le Frioul, quelques-uns sont ligures, les Frioulans se souviennent des bonnes choses, de la* polenta, *du* bacala *et de la* gubana *des fêtes, ils oublient combien leur vie ne fut jamais conforme à ce qu'ils expriment désormais, passant tous les mots et toutes les syntaxes au tamis, éloignés, tellement, d'eux et de leurs codes, je les regarde avec tendresse, et distance, avec tristesse aussi, je suis Carlo Airoldi, je vois les cadavres du roi et du diadoque, salauds de Grecs, des inconnus rient à leurs obsèques, leur crâne et le mien s'alignent sur une table basse pour les banquets, on les a taillés pour y servir le vin de Malvoisie, je pense à la mer Adriatique un jour de* bora, *le vent emporte à nouveau la mer au large, des chevaux d'écume galopent vers le lointain, 'Nunziata chevauche le plus grand, tout noir, tout bleu, tout blanc, chère maman, elle m'adresse un grand salut de la main et du bras.*

21.

LA MORTE DI CARLO AIROLDI

Le 19 juin 1929, *Il Littoriale* de Bologne publie la nécrologie de Carlo Airoldi.

La morte di Carlo Airoldi

Le quotidien sportif fasciste a été fondé en 1924 par Leandro Arpinati, un ardent partisan du Duce, membre du Grand Conseil du fascisme, convaincu que le sport pouvait forger l'Italien nouveau, plus fort physiquement et plus discipliné aussi.

Maintenant, le fascisme est dans l'ordre des choses. De toutes choses.

L'édition compte quatre feuillets. La nécrologie de Carlo se trouve en page 3.

Le 19 juin, beaucoup de décès sont annoncés dans *Il Littoriale.* Pour trois lires, le lecteur apprend la disparition du coureur motocycliste Primo Lanza à Biella, de Giuseppe Carpegna, manager de boxe, âgé de quarante et un ans, mort des suites d'un accident après quatre jours d'agonie. À Maisons-Laffitte, en France, B. Denham, pape des entraîneurs dans le milieu de la course hippique, s'est éteint lui aussi. Il avait soixante-dix-sept ans.

Une publicité encourage la consommation de la bière Ronzani, des pneus Goodyear et des carburateurs Weber que l'on trouve en se rendant au numéro 3, *via* Cairoli, à Bologne.

Puissance, économie, sécurité. Les essayer, c'est les adopter.

La morte di Carlo Airoldi, quelques lignes du correspondant milanais. Un écho, tout lointain.

Dans les jours qui viennent, les cinémas de Bologne annoncent le programme. Au Savoia : *Amami et il mondo sara mio*, avec Mary Philbin. Au Modernissimo : *Champagne* avec Betty Balfour. *L'uomo, la donna e il peccato* avec John Gilbert au Bios et *Soldato in gonnella* avec Laura La Plante à l'Apollo.

Qui a lu l'écho du *Littoriale* le 19 juin 1929 révélant que Carlo Airoldi était mort la veille ? Qui s'est vraiment souvenu de lui ? De cet exploit, de cette contrariété ?

La morte di Carlo Airoldi

Dopo una breve malattia è deceduto nella nostra città Carlo Airoldi, écrit le correspondant milanais du *Littoriale*, *famoso podista nelle gare di resistenza che emersero tra il 1890 ed il '900.*

Au terme d'une courte maladie, Carlo Airoldi est mort. À Milan, chez nous.

Sa courte maladie a duré soixante ans. Vingt-sept ans avant l'épisode athénien. Trente-trois ans après. Vingt-sept ans à trop espérer. Trente-trois à forcer, à grincer pour se relever. En vain.

Carlo Airoldi était diabétique. Le diabète a fini de le précipiter. Les rages et les colères et les rancœurs ont maltraité le contenant. Il aurait fallu une vie paisible, raisonnable, équilibrée. Tout le contraire advint, le renoncement de soi, *le roncier de soi* et les excès de la table une fois les défis physiques abolis, des viandes, des sauces, des alcools, des charcuteries, des pâtisseries. Tout pour embroussailler davantage sa moustache, assombrir son regard d'homme insatisfait, rendre opaque la cornée, tendre ses chairs, amollir son ventre. Le sucre a gâté ses hématies, ses leucocytes, ses fluxions, tuméfié ses tissus, découragé ses synapses et sa thyroïde, aboli sa maîtrise. Son sang a fait un dernier tour. La fosse a tendu les bras.

La nécrologie évoque aussi la course *Milano-Atene* et celle de *Torino-Barcellona*. Et c'est tout.

La Milano-Atene.

Et la Torino-Barcellona.

Un bulletin météorologique livré par l'Observatoire universitaire de Bologne indique qu'entre 15 heures le 17 juin et 17 heures le 18, le temps était *serein* à Milan et à Trieste et *nuageux* à Fiume où la température monta jusqu'à 30 degrés. Une belle température pour la saison. Un beau temps pour mourir – *pour courir* – sous un ciel couvert à un quart. Un quart seulement.

OUVRAGE RÉALISÉ
PAR L'ATELIER GRAPHIQUE ACTES SUD
REPRODUIT ET ACHEVÉ D'IMPRIMER
EN MARS 2023
PAR L'IMPRIMERIE LABALLERY
À CLAMECY
POUR LE COMPTE DES ÉDITIONS
ACTES SUD
LE MÉJAN
PLACE NINA-BERBEROVA
13200 ARLES

DÉPÔT LÉGAL
1re ÉDITION : MAI 2023

N° impr. : 302328
(*Imprimé en France*)